지금 12억의 돈은
없지만
12억의 **맛**을
드립니다

지금 12억의 돈은
없지만
12억의 맛을
드립니다

지금 12억의 돈은 없지만 12억의 맛을 드립니다

김민영 지음

꿈과 희망

머 릿 글

입이 열 개라도 할 말이 없는 사람이 바로 내가 아닌가 싶다. 아내에게는 더욱 그렇다. 살만 해지니 먹을 것 못 먹어가며 모은 돈 몽땅 주식으로 날리고 속을 썩였으니 내가 무슨 할 말이 있겠는가?

그래도 나란 사람은 운이 좋은 사람이다. 모든 재산을 잃고 가족들과 함께 서울로 올라온 것이 2년 전 봄이었는데 짧은 시간에 호떡 장사로 자리를 잡아가고 있으니 얼마나 다행스러운 일인지. 그리고 우리 가족과 주변의 많은 분들에게 감사하는 마음 뿐이다.

'하늘은 스스로 돕는 자를 돕는다' 는 말이 빈말은 아닌 듯 싶다. 마음을 굳게 먹고 하루종일 호떡을 구워 팔면서도 즐겁게 일하고 내일의 희망을 키워온 것이 그래도 이쁘게 보인 걸까. 올해 들어서는 나에게 생각지도 못했던 좋은 일들이 꼬리를 물고 이어지고 있다. TV 방송 출연, 신문, 잡지 인터뷰는 더욱 열심히 살아가라는 채찍이자, 나에게 용기를 심어주는 기회가 되었다. 또 이런 기회를 통해 '왕호떡'이 세상 사람들에게 알려지면서 '왕호떡'은 다시 일어서려는 사람들의 '희망의 호떡'이 되어 체인 사업으로까지 확대되기에 이르렀다.

실패를 하는 이들도 많고 다시 일어서는 이들도 많다. 나보다 더 큰 아픔과 위기를 극복하고 재기에 성공하여 기업의 사장님이 되고 유명인이 된 분들도 적지 않다. 그런데도 불구하고 나의 이야기를 한 권의 책으로 엮을 수 있도록 배려해 준 '꿈과 희망' 출판사 측에 진심으로 감사를 드린다.

끝으로 지금 한때 실패로 인해 절망하거나 힘든 시간을 보내는 분들이 있다면 이 책이 그분들에게 용기와 희망의 메시지가 될 수 있었으면 하는 바램이다. 이런 나의 작은 소망이 이 책을 쓰게 된 결정적인 이유가 되었기 때문이다.

오늘도 나는 우리 가족들에게 감사하며 맛있는 호떡을 구우면서 고객들과 만날 수 있는 지금 이 순간이 내 인생의 가장 아름답고 행복한 시간임을 느낀다.

2003년 5월 21일
남영동 '왕호떡' 본점에서 김민영

차 례

제1부 일요일 아침을 준비하는 남자

제2부 주식, 그리고 산산이 날아간 '12억'

 ## 제3부 1평짜리 호떡가게

 ## 제4부 호떡장사는 아무나 하나

 ## 제5부 내 인생의 아름다운 기억들

 ## 제6부 호떡장사 김민영이 본 세상

 ## 제7부 행복찾기

호떡 장사로
매스컴타다

KBS 아침마당
MBC 뉴스 투데이
KBS 현장르포 제3지대
KBS 체험 삶의 현장
〈조선일보〉 호떡 장사로 한달 매출 400만원!!
〈조선일보〉 주식으로 전재산 12억 날리고 호떡 구워 再起한 '제2 인생'

TELEVISION

KBS 아침마당

2003년 2월 25일

MBC 뉴스 투데이

2003년 4월 8일

KBS 현장르포 제3지대

2003년 4월 1일

조선일보   2003년 5월 15일

주식으로 전재산 12억 날리고 호떡 구워 再起한 '제2 인생'

남영동에 2坪 점포 김민영씨

마음을 다잡고 삶의 제자리를 잡기까지, 그는 굴곡 많은 생의 요철(凹凸) 속에 많은 것을 잃고 또 버렸다. 주식에 전 재산을 갖다 바치고 2년 전 알거지 신세로 상경한 뒤 서울 남영동에서 호떡을 만들어 파는 **김민영**(金敏寧·46)씨.

한달 벌이 500만원의 성공한 '거리 장사'로 다시 일어선 그는 '호떡 자선(장학)사업가'라는 새로운 꿈을 품고 산다.

최근 KBS 1TV 다큐멘터리 프로그램에 출연했던 그는 오는 20일 오전 6시40분 방영될 EBS TV '모닝쇼 직업 속으로'

"일확천금 환상에 사로잡힌 이들에 땀의 값어치 알려주며 살고 싶어요"

에서 창업 강사로, 오는 26일 출간 예정인 자서전 '지금 12억의 돈은 없지만 12억의 맛을 드립니다' 필자로 인생역정이 다져준 근성과 친절을 전할 예정이다.

"30배를 튀겨 먹은 종목도 있었지만, 제 밑천 3억원에 번 돈, 빌린 돈 합해 12억원 날리는 게 순식간이었어요. 주식… 그건 투자도 투기도 아닌 '투척'이었습니다." 김씨는 전북 김제의 농고를 나와 관광호텔에서 잠깐 근무한 뒤 한국통신공중전화(현 KT링커스) 익산 지점에 입사했고, 억척

스럽고 부지런해 승진도 빨랐다. "장가들 때 달랑 120만원밖에 없었다"고 할 만큼 넉넉지 않은 환경에서 자란 그는 안정적인 직장에서 '돈맛'을 알았고, 어느 순간 주식에 빠지게 됐다고 했다.

"종잣돈 삼은 중간정산 퇴직금 1억원이 팍팍 불어날 때야 좋았죠. 넣다 뺐다 거래하느라 전화통에 매달렸고, 나중엔 딸 명의로 들어놓은 400만~500만원짜리 예금이며 아내 몰래 계약한 보험까지 다 깨서 또 갖다 부었어요."

그는 '한탕'의 신기루에서 헤어날 무렵 만 17년 넘게 일하며 과장까지 올라간 직장을 그만둘 수밖에 없었다고 했다. 2001년 5월, 피아노와 승용차까지 모두 처분한 뒤 가족과 함께 서울로 향했다. "아무리 잊으려 애쓰고 '내 수중에 머물 돈이 아니었구나' 하고 스스로를 달랬지만, 홀랑 타버린 속을 어쩌겠습니까? 서울 와서 8개월 지나서야 증권에서 완전히 손을 뗄 수 있었으니까요."

김씨는 타고난 투자자라기보다 '천부적인 서비스맨'인 것 같았다. 물 반죽할 때 생우유·생크림·계란·분유·옥수수가루를 첨가하고, 딸기·복숭아·호도·대추·건포도·아몬드를 번갈아 넣어가며 만든 500원짜리 자신만의 비범한 작품을 '왕호떡'이라 명명했다. 새로운 제품은 세 딸

(고1·중2·초1)의 품평을 거쳐 상품화했고, 조금씩 잘라 행인들에게 맛보기 시식을 권했다. 그의 독특한 서비스 전략에 힘입어 호떡집은 남영동 일대에서 꽤 유명한 맛집이 됐다.

김씨는 나비넥타이 60개, 셔츠 20개를 준비해 매일 갈아 입으며 이미지 관리도 하고 있다. 웬만한 거리는 오토바이 배달까지 손수 하면서, '전화료' 명목으로 주문 고객에게 동전 100원을 되돌려주는 일도 잊지 않았다. "제 호떡 맛 보려고 일산에서 찾아 오는 50대 부부도 있어요. 1년 365일, 하루 14시간 서있는 밑바닥 장사라도 힘들리가 있겠습니까?"

그는 자신의 가판대를 지나던 옛 동료로부터 '이게 무슨 꼴이냐. 당장 문 닫고 다단계 판매회사에서 같이 일하자'는 제의를 받고 이렇게 대구한 적도 있다고 했다. "이 사람아, 공사판에서 20일만 일하면 호떡장사할 밑천이 생겨! 평생을 먹여 살릴 일 놔두고 왜 허황된 꿈을 못 버리는가?"

호떡만 파는 것이 아니라 자신만의 '호떡 정신'을 팔고 싶다는 그는 '김민영의 왕호떡'이란 상표 등록을 마치고 프랜차이즈점 모집에 나섰다. 창업과 재기를 꿈꾸는 이들이라면 숙식까지 제공해 기술을 전수하고, 이윤의 일정 부분은 장학사업에 쓸 계획이라고 한다.

"이제 로또만 봐도 징그러워요. 다 갚고 남은 빚이 1400만원이고, 조금 있으면 고향 어머니께 생활비도 넉넉히 드릴 수 있을 것 같아요. 호떡 빚어 밥 먹고 살 수 있을 만큼만 챙기고, 일확천금의 환상에 사로잡힌 이들에게 '땀의 값어치'를 가르치면서 살고 싶습니다."

김씨는 "직장 일 마치고 집에 들러 만든 새 호떡 반죽을 머리에 이고 오는 아내(오인순·43)를 볼 때마다 '저런 마누라가 세상에 또 어디 있을까' 할 만큼 그렇게 고마울 수 없다"고 했다. 그는

◇"정말 마음 편합니다" 호떡 자선 사업가를 꿈꾸는 김민영씨는 "두 평도 안 되는 점포를 처음 접했을 때는 '쪽 팔려서 어떻게 일하나' 싶었지만 이젠 여기만큼 마음 편한 곳이 없다'고 했다.
/金振平 기자 jpkim@chosun.com

'가장 정직한 평가'로 아버지의 노작(勞作)을 다듬어 주고, 자정 넘어 귀가할 때까지 기다릴 줄 아는 딸 셋 중에서 한 명쯤은 호떡장사를 가업으로 이었으면 한다고 했다.

/박영석기자 yspark@chosun.com

조선일보   *2003년 3월 28일*

호떡 장사로 한달 매출 400만원!!

기발한 아이디어로 좌절 딛고 재기 성공한 사람들

KBS1 '현장르포 제3지대–2평 점포의 꿈'

좌절의 고배를 마셔본 이들이 기발한 창업 아이디어로 우뚝 일어선 과정이 영상으로 소개된다. 4월 1일 밤 12시에 방영되는 KBS 1TV '현장르포 제3지대'는 벤처와 주식 광풍에 재산과 자기 자신을 함께 잃었던 이들이 머리와 땀으로 제2의 삶을 일군 과정을 다룬다. 제목은 '2평 점포의 꿈'. "2평이란 단어에는 '작지만 큰 꿈과 진취성'이 담겼다"고 외주 제작사 '리스프로'의 이상구 PD는 설명한다.

전북 익산에서 17년간 대기업에 근무하며 간부를 지냈던 김민영(47)씨. 한탕주의에 사로잡혀 12억 재산을 증시에 바치고 2년 전 가족들과 상경했다. 무자본·무점포로 할 일은 호떡장사뿐이었지만, 그는 '품질과 서비스'로 승부하겠다고 마음 먹었다고 한다. 반죽에 우유·팬크림·분유·찹쌀·옥수수가루 등을 넣어 보고, 호두·아몬드·건포도를 섞어 넣는 '실험'을 계속해 주변 사람들에게 시식·평가를 부탁해 음식을 더욱 정교하게 만들었다. 그는 비록 서울 용산지역에 자리잡은 '길거리 장사'지만 나비넥타이·와이셔츠를 매일 갈아입는 정장 차림으로 고객을 대하면서 한달 매출 400만원의 어엿한 사장으로 '호떡계의 지존'을 꿈꾼다. 서울 압구정동에서 '일본식 문어빵·빈대떡'으로 통하는 다코야키·오코노미야키 간식집을 운영하는 안흥성(34)씨의 사연도 '절망을 넘어선 재기'다. 한때 직원 30명을 둔 벤처업체 대표였으나 2년 전 망한 뒤 일본인 부부의 조언으로 일본 현지로 건너가 '야끼방'을 기웃거렸다. 그는 고추장을 가미해 양념을 현지화했고, 하루

◇KBS 1TV '현장르포…' '2평 점포의 꿈'은 밑천 없이 아이디어와 패기로 인생 역전을 꿈꾸는 이들의 이야기다.

2시간 수면을 통해 '인생역전'에 다가섰다.

이밖에 비디오·DVD 900여 점을 차량 1대에 싣고 다니며 즉석 배달을 하거나, 자정부터 아침 7시까지 서울 강남지역 100곳을 돌며 야채 샐러드를 배달하는 젊은이들을 소개한다. 이상구 PD는 "신문기사·인터넷·창업박람회 등을 통해 성공담 소재를 구했다"면서 "일확천금의 꿈이 부질없음을 깨닫고 새 삶에 대한 자신감을 품은 이들이어서 자신을 공개하는 데 선뜻 동의했다"고 말했다.

외주 제작을 통해 방영되는 '현장르포…'는 여군 의장대·청각장애인 보청견·고속도로순찰대·인천 차이나타운 등의 소재를 발굴, 심야 시간대 방영이란 단점을 극복하고 인기를 얻고 있다.

/박영석기자 yspark@chosun.com

1부

일요일 아침을
준비하는 남자

일요일 아침을 준비하는 남자

주식으로 아내 가슴에 상처를 남기긴 했지만 아내나 가까운 주변 사람들에게 술 한잔 마시면 "나도 알고 보면 꽤 괜찮은 남편입니다."라고 말하곤 한다.

내가 그런 말을 하는 데는 그럴만한 이유가 있다. 밖에 나가면 술 좋아하고 사람 좋아하는 사람으로 통하지만 성격이 칼칼한 편이어서 할말은 하고 사는 성격이다. 싫은 것 억지로 좋은 척 못하고 예의 무시하는 행동은 좀처럼 용납이 안 된다. 그러니 혹자는 '저 사람 집에 들어가면 식구들 꼼짝 못하게 할 거야.'라는 말을 하기도 한다. 사실은 그렇지 않다.

가정과 사회생활 이 두 가지에 있어서 나는 외유내강(外柔內剛)인 것 같다. 가정에서 나는 아내를 끔찍하게 챙겨 주고 사랑하는 남편이다. 결혼 후 지금까지 나 나름대로의 특별한 아내사랑 방식이 있기 때문이다.

토요일 저녁이면 나는 아내에게 묻는다.

"내일 아침은 어떤 것으로 준비할까?"

일요일 아침 식사는 메뉴만 아내가 선택하고 나머지는 내가 다 알아서 준비한다. 밥 짓고 반찬을 만들고 설거이까지 다 책임진다. 그러니 아내는 일요일 아침이면 공주가 되는 것이다.

친구들이 이 말을 듣고는 "누구네 집 부부싸움 시킬 일 있냐. 절대 우리 집사람 있는 데서는 그런 말 하지 마라." 하며 신신당부할 정도이다.

남자가 부엌에 들어가면 고추가 떨어진다는 어른들의 얘기를 듣고 자란 세대지만 나의 생각은 다르다. 부부는 평등하고 부엌은 한 가족의 행복이 시작되는 아름다운 공간이다. 누구든 언제든지 들어가 앞치마를 두를 수 있어야 한다.

아내를 위한 일요일아침 준비는 언제나 나를 즐겁게 만든다. 워 성격이 무뚝뚝한 아내인지라 애교 있게 '당신 사랑해' 또는 '너무 너무 맛있었어.' 뭐 이런 식의 말은 하지 않지만 얼굴 표정이 흐뭇해 하는 것을 보면 일주일간 아이들과 남편을 위해 애쓴 아내를 이렇게서라도 행복하게 해줄 수 있다는 것에 보람을 느낀다.

메뉴는 매번 바뀐다. 해물탕, 감자탕, 김치찌개, 생합 된장찌개, 나물무침 등등. 토요일 저녁, 집에 들어가기 전에 아내에게 먹고 싶은 음식을 물어보고 그에 따른 재료도 직접 내 손으로 사가지고 들어간다. 가끔씩은 아이들이 자신들이 좋아하는 음식도 주문하는데 기꺼이 받아들인다. 큰딸은 돼지고기가 들어간 김치찌개를 둘째와 세째는 생합이 들어간 된장찌개를 좋아한다.

이런 나를 보면서 주변 사람들 중에는 "직장인이 일요일이라도 푹 자고 쉬어야지. 어떻게 황금 같은 휴식 시간인 일요일 아침에 그것도 앞치마 두르고 식사를 준비해. 나는 죽어도 못해."라고 말하는 이들도 있다. 그러나 시작이 어렵지 한번 해보면 그 다음은 그리 어렵지 않다. 오히려 일요일을 기다릴 정도가 된다. 아침 밥상을 차려놓고 늦잠 자는 가족들을 깨워 함께 식사를 하는 시간은 가족을 사랑하는 내 마음이 전달되는 순간인 만큼 뿌듯하기 그지없다. 그래서 가정의 분위기도 더욱 화기애애 해지고 서로간의 사랑도 깊어간다.

아내에 대해 나는 잔정이 좀 많은 편이다. 일요일 아침식사 말고도 지금까지 단 한번도 빼놓지 않고 하는 것은 아내의 생일상 차려주기다. 쇠고기 들어간 미역국과 나물무침 등 직장생활을 할 때에도 그날 아침 만큼은 내 손으로 직접 만들어 차려 주었다. 그리고 또 한 가지. 아내의 화장품을 사는 일은 나의 몫이다. 화장을 요란하게 하지 않기에 주로 스킨, 로션을 내가 책임지고 사다 준다.

아내라는 이름. 나는 이런 생각을 한다. 늘 가족을 위해 희생해야 하는 아내이어서는 안된다고. 결혼 초부터 이 때문에 나름대로 아내를 위한 사랑을 표현해 왔고 행복하게 해주려고 노력했다. 그러나 지금은 기억조차 하고 싶지 않은 그 놈의 주식 때문에 나의 그런 마음은 빛을 보지 못하게 된 것 같다.

하지만 나만의 아내사랑 표현은 70대가 되어도 지속될 것이다. 이 세상에 태어나 부부의 인연을 맺어 자식을 낳고 수십 여 년을 같이 살아간다는 것은 서로에게 감사함을 느껴야 하는 일이다.

"오인순 씨. 당신을 정말 사랑합니다."

한문교육을 시키는 아버지

우리 아이들은 셋이다.

여고생인 큰딸 순영이, 중학생인 둘째딸 선영이, 그리고 늦둥이로 올해 막 초등학교에 들어간 막내딸 소영이.

내 자식이니 눈에 넣어도 안 아프고 착하고 예쁜 아이들인 것은 당연한 일이다. 그러나 한 가지 꼭 우리 아이들 자랑을 할 것이 있다면 남들 그 흔하게 다니는 학원 한번 다니지 않으면서도 불평 불만 하나 없이 자기 공부 착실히 하면서 커주고 있다는 것이다.

초등학생들이 학원 두세 곳 다니는 것은 예삿일이 되어 버린 세상이다 보니 학원 안가면 오히려 이상한 아이로 취급받기 십상이다. 아이들은 학원이란 곳을 당연히 다녀야 하는 것으로 알고 있고 어른들도 아이들을 학원에 보내지 않는다고 하니 돈이 없어서 그러는 줄로 착각하는 이들이 적지 않다. 그것은 아니다. 아무리 없이 산다 해도 한달에 7만원씩 학원비 보태줄 돈은 있다.

우리 아이들이 학원에 다니지 않는 것은 나와 아내, 우리 두 사람의 자녀교육 방침이다. 우리 아이들은 초등학교 때부터 어떤 학원도 보내지 않고 있다. 예체능에 남다른 재주를 갖고 있다면 전문 교육자에게 레슨을 받거나 학원을 다니게 될지도 모르지만 특별히 예체능 분야를 좋아하거나 특기가 있는 것 같지 않아 그런 학원에도 보낸 적이 없다. 학원에 보내고 과외를 시키지 않아서 전교 1등은 해본 적이 없는 아이들이지만 그렇다고 학교성적이 나쁘지 않다. 큰딸이 초등학교 들어갈 때부터 자녀 교육에 대한 나의 신념은 확고했다.

그것은 적어도 수능시험을 위한 대학입시 위주의 공부는 시키고 싶지 않다는 것이었다. 스트레스 받아가며 공부해서 명문대학 졸업하여 좋은 직장을 구한들 무슨 소용이 있겠는가? 길게는 20여 년 정도 엄청난 돈 들여 공부해서 '사' 자 들어가는 직업을 가진 사람들 중에는 황금 만능주의나 권위주의에 빠져 있는 사람들이 한둘이 아니다. 자고로 나는 공부에 관한 부모의 역할은 공부하고자 하는 사람이 스스로 원할 때 정상적인 학교 교육의 길을 열어 주고 공부만이 아닌 한 사람으로서 인간적이고 성실하게 세상을 살아갈 수 있도록 전인교육을 돕는 것이라고 생각한다.

우리 아이들은 이런 내 생각에 불만이 없다. 방과 후에는 집에서 스스로 공부하고 언니가 동생을 도와주는 정도다. 학원 다니지 않는다고 해서 거리를 방황하고 돌아다닌다거나 친구 없이 외톨이 된 아이는 없다. 오히려 우리 아이들에게는 한 가지 장점이 있다. 바로 한문실력이다.

10여 년 전 중국 시장에 한참 이목이 집중될 무렵 나는 아이들에게 중국어를 공부시킬 생각은 갖고 있었지만 이마저도 내 욕심 같아서 하지 않았다. 단, 기초 한자를 집에서 틈틈이 직접 가르쳐 주었고, 어느 단계에 이르러서는 교재를 구입해 주고 스스로 익히도록 했다. 퇴근 후 가끔씩은 실력이 어느 정도인지 문제를 내고 풀게 한적은 있지만 스트레스를 주거나 꾸지람을 주는 일은 없었다.

아이들에게 한자공부를 권하는 데는 글씨를 쓰면서 마음도 차분히 가라앉혀지고 좋은 뜻을 지닌 4자성어가 많아 아이들에게 좋은 공부라는 생각을 갖고 있었기 때문이다. 효, 경로사상, 예의범절 등을 비롯해 한 사람으로서 올바르게 살아가는 데 뼈가 되고 살이 되는 좋은 내용들이 한자를 익히는 동안 저절로 아이들의 머릿속에 새겨지고 있다. 음식이 있으면 어른이 우선이고 엄마 아빠 앞에서 큰소리로 투정을 부리는 일은 절대 없으며 윗사람에게 예의를 갖추어 인사를 하는 것쯤은 우리 아이들에게는 기본이다. 이것만으로도 아이들의 한자공부는 일단 성공한 게 아닐까 싶다.

이렇게 초등학교부터 시작한 한자실력이 큰딸, 작은딸 모두 올

초 3급 시험에 합격하여 지금은 2급 공부를 할 정도의 실력을 갖추게 되었다. 2급 이상일 경우 대학입학시 플러스 요인이 된다고 하니 돈 안들이고 집에서 아이들이 홀로 배운 한자실력이 결국에는 큰 장점이 된 것이다.

한자실력 덕택인지 고등학교 1학년생인 큰딸은 대학에 들어가 중국어를 전공하고 싶다고 한다. 이제 일곱 살인 막내딸 소영이는 언니들이 한문공부를 하는 것을 지켜보더니 자기도 욕심이 생겼는지 최근 들어 스스로 공부를 시작했다.

이처럼 스스로 공부하고 자신의 목표를 찾아가는 아이들을 지켜볼 때마다 나는 흐뭇하기 그지없다. 학원비만도 월 수십만 원씩 들여 공부를 시키고 명문대 입학만을 지향하는 부모들의 과열된 교육방침은 다시 한 번 자식의 입장에서 생각해볼 일이다.

훗날 고급공무원, 정치인, 법조인이 되어 비리를 저지르는 자식을 만들기보다는 이름 없는 한 사람일지라도 우리 사회를 아름답고 건강하게 만드는 일을 하는 참된 일꾼을 만들어야 되지 않을까.

무식하게 배운 영어, 자식들에게까지

고등학교 학력이 전부인 나는 공부를 유달리 잘하거나 좋아하는 사람은 아니었다. 고등학교 졸업 후에도 특별히 전문분야 공부를 하거나 관련된 일을 하지는 않았다. 그리고 보면 큰 꿈이 없이 살았던 것 같다. 이런 내가 조금은 자각을 하기 시작한 것은 군에 입대하면서부터다.

군 생활을 하면서 제대 후 장래 사회생활에 대한 고민을 하게 되었고 서비스 분야에 종사하겠다는 결심 아래 영어공부를 하기로 마음먹었다. 회화 테잎을 듣고 토익·토플 시험을 준비하는 것만이 영어공부가 아니었다. 영어 단어장을 보면서 그야말로 무식하게 단어와 문장을 외우고 외웠다.

한 가지 이상한 것은 학창시절 공부에 몰두했던 기억이 특별히 없는 나에게 영어 단어 만큼은 저절로 머리와 입에서 끌어들이는 게 아닌가. 제대를 하고 나는 서울에 있는 전문학원에서 6개월간 서비스교육을 받았다. 외식업체나 호텔 등에 취업하기 위해서 친절

서비스, 마케팅 등과 관련된 교육을 받았는데 그나마 군대시절 익힌 영어실력 덕택에 수료생 중 가장 먼저 호텔에 취업하는 영광을 안았다.

깔끔한 정장에 나비 넥타이를 매고 호텔 프론트에서 일하면서 많은 외국인들을 만났다. 당시만 해도 특급 호텔이 아닌 중소형 호텔에는 영어회화를 하는 직원들을 찾기가 힘들었다. 내가 근무하던 곳도 마찬가지여서 서비스 직원들은 물론이고 관리과에 명문대졸 출신자가 있었지만 그 역시 회화 실력은 나보다도 못한 수준이었다.

이 때문에 외국인 손님들이 들어올 때마다 가이드는 내 단골이 되었다. 아주 유창한 영어실력은 아니었지만 몸담고 있던 호텔에서는 대접을 받았다. 일부 외국인 고객들은 좋은 서비스를 받았다며 돌아갈 때 선물을 주는 등 영어 덕분에 호텔 생활은 만족스러웠다. 그러자 함께 프론트를 맡았던 동료직원은 나를 부러워했다. 외국인 접객 서비스를 책임지다 보니 회사측에서도 더 나은 대우를 해주었고 여러모로 나를 인정한 윗분은 핵심인력으로 키우겠다는 제안까지 할 정도였다.

내 능력을 한껏 드러내는 성격이긴 하지만 그렇다고 나 혼자만 잘되기 위해 주변을 무시하는 사람은 아니다. 영어회화를 못해 고

민하던 동료에게 둘이 있는 시간만큼은 영어로 대화를 나누자는 약
속을 하고 그의 입이 열릴 때까지 도움을 주기도 했다. 호텔에서 2
년 여간 근무하면서 좀더 다져진 나의 영어실력은 다음 직장 입사
후 그다지 빛을 보지 못했다. 담당업무가 전혀 다른 것이었기 때문
이다. 하지만 요즘은 빛을 발하고 있다. 바로 우리 세 딸들 앞에서
다.

전문용어를 사용하는 비즈니스나 학술적인 영어실력은 아니지만
실생활과 관련된 기본적인 회화는 아직도 입만 열면 술술 나온다.
때문에 우리 딸들과 영어로 대화 나누기를 좋아한다.

딸들과의 영어 회화는 시간을 정해 놓고 공부 형태로 하지는 않
는다. 휴일 집에서 함께 대화를 나눌 때나 딸들에게 세상 살아가는
이야기를 조용히 들려주는 밤(일주일에 한 번씩은 딸들 방에서 대
화를 나눈다)에 자연스럽게 영어로 말한다. 또 아이들로부터 좋아
하는 연예인이나 노래, 친구 등에 대한 얘기를 영어로 해보라고 주
문하기도 한다. 회화란 굳이 문법을 갖추고 고상한 단어를 찾아가
며 힘들게 할 필요가 없다는 것이 내 생각이다. 억지로 외우는 영어
보다는 자연스럽게 기억에 남는 영어가 되도록 하기 위해서다.

발음이 좋지 않을 수도 있고 단어가 다양하지 않을 수도 있다. 하
지만 아이들이 자연스럽게 영어를 접하고 입에서 쉽게 말이 나오게

하기 위해서는 아주 좋은 방법이라는 생각이 든다.

영어회화 학원을 다니지 않고서도 집에서 아빠로부터 기초 영어 회화를 배울 수 있다는 것은 우리 딸들에게는 큰 행운이고 먼 훗날 많은 도움이 될 것이라고 믿는다.

네 여자와의 화려한 만찬

당신은 지금 행복하십니까?

라는 질문에 "네"라고 답하는 사람은 그리 많지 않다. 특히 나이가 40~50대로 넘어가면 "사는 게 다 그렇지 뭐." 하며 한숨 한 번 쉬는 게 보통 사람들이다.

가끔씩 나는 나를 말할 때 이렇게 말하곤 한다. '한 평 속에 갇힌 원숭이'라고. 이런 나는 과연 행복할까? 너무 너무 행복하다고 말하면 남들이 시기할 것 같아 조금 줄여서 "행복하다"는 말을 할 수 있을 것 같다. 더욱이 주식을 하던 잡히지 않는 돈과의 게임에 빠져 있던 시절에 비하면 지금은 너무도 소중하고 행복한 시간임을 느끼며 호떡과 우리 가족에게 감사하는 마음을 갖는다.

오전 11시쯤 재료를 준비해서 문을 열면 저녁 10씨까지 배달 나가는 일 외에는 늘 1평도 채 못되는 박스샵에서 호떡을 굽는 게 나의 일이기 때문이다. 하지만 호떡만 굽는다고 되는 것이 아니고 고객들이 보다 맛있고 즐겁게 먹을 수 있도록 먼저 말도 걸고 노래도 부르고 마술도 보여 준다. 천성이 사람 좋아하고 즐거운 마음으로 살자는 낙천주의이지만 그래도 갑갑하고 힘들 때가 있다. 나도 사람이니까.

하지만 내 나이에 하루 100명 넘는 사람들과 즐겁게 대화를 나누면서 남에게 아쉬운 소리 안하고 돈을 벌 수 있다는 것은 스스로 감사해야 할 일이라고 생각한다. 직장에서의 승진이나 사업하면서 경영으로 골치 아파하는 친구들에 비하면 오히려 혼자 일하면서 스트레스 받지 않고 돈을 번다는 것은 선택받은 일이나 다름없는 것.

호떡을 굽다 보면 끊이지 않고 이어지는 손님들 때문에 점심먹을 시간조차 없는 날이 허다하다. 그럴 때마다 막걸리 한 병을 숨겨두고 조금씩 마셔가면서 호떡을 굽지만 나는 행복하기만 하다. 막걸리 한 병에 호떡 한두 개 먹으면 뼈다귀 해장국 한사발 먹은 것 못지 않게 든든한 데다 피로를 잊을 만큼 마음이 즐거워지기 때문이다.

하루를 이렇게 보내고 열 시가 넘으면 점포 문을 닫고 집으로 향하는 마음은 가볍기만 하다. 열심히 일해서 돈을 벌어 집으로 돌아가는 가장의 마음이란 경험하지 않은 사람들은 모른다. 몸은 조금 지치고 피곤할지라도 마음은 하늘을 나를 듯이 뿌듯하다는 것을. 더욱이 집으로 돌아가면 세 딸과 아내가 저녁상을 차려 놓고 기다리고 있으니 이보다 더 행복한 일이 어디 있겠는가.

우리 집 저녁식사 시간은 늘 밤 10시가 넘어서 시작된다. 아이들이 학원을 다니지 않기 때문에 학교 끝나면 집에 돌아와 간식 먹으며 공부하다가 내가 들어가면 그제서야 우리 가족이 한 자리에 둘러 앉아 식사 겸 휴식시간을 갖는다.

지독한 애주가인 나는 직장시절에야 밖에서 사람들과 어울려 마시곤 했지만 호떡 장사를 시작한 이후로는 특별한 날을 제외하고는 늘 식사시간에 반주삼아 소주 한 병을 마신다. 삼겹살을 무척이나 좋아하는 탓에 상 위에는 안주 겸 반찬삼아 삼겹살이 자주 올라온다. 딸들이 돌아가면서 한잔씩 따라주는 소주잔을 상추에 삼겹살을 쌓은 안주와 함께 마시는 기분이란 이 세상 어느 황제도 부럽지 않을 만큼 행복한 순간이다.

나 또한 딸들과 아내에게 삼겹살을 김치나 상추에 쌓아 입에 넣어준다. 늘 늦게 먹는 저녁이지만 딸들은 불평 불만 하나 없이 밝은 얼굴로 이런 저런 대화로 웃음꽃을 피운다.

청소년기에 접어든 큰딸과 둘째는 유명 연예인 얘기를 하면서 팬클럽에 가입하겠다는 말을 하기도 한다. 나는 반대하지 않는다. 좋으면 가입하되 지나치게 따라다니느라 공부마저 소홀한 상황만 초래하지 않는다면 얼마든지 하라고 한다. 지난해인가 한번은 큰딸이 좋아하는 가수 공연에 가야 하는데 입장권이 비싸 고민이라는 말을 듣고 거금 4만원을 선뜻 내준 적도 있다. 교복도 남의 옷 얻어다 입히는 나로서는 이런 일은 한번으로 끝난다. 하지만 중요한 것은 청소년기 아이들이 스타를 좋아하는 것도 한때인 것이므로 무작정 못하게만 해서 될 일은 아니라는 게 내 생각이다. 애써 못하게 말리다 오히려 부작용이 커질 수 있다. 자라나는 신세대들의 사고를 전적으로 이해하기란 쉽진 않지만 서로 대화로 풀어가다 보면 이해 못할 것도 없다. 우리 가족의 저녁시간은 좋은 분위기 속에서 대화가 오가므로 서로의 생각 차이를 좁혀주기도 한다.

그래서 나는 매일같이 다가오는 저녁식사 시간을 하루 중 가장 행복하고 즐거운 시간이라고 남들에게 자랑한다. 언젠가 술자리에서 누군가 "김형은 아들 욕심 없습니까? 늦둥이라도 보시지요."라고 말했던 기억이 난다.

우리 나라 남성들 중에는 아직도 아들 타령을 하는 이들이 적지 않다. 아는 후배들 중에는 머리를 염색하고 부부 공동재산제를 주장하는 등 신세대 사고를 지닌 30대인데도 불구하고 아들은 꼭 있어야 한다는 친구가 있을 정도다. 나는 단연코 '아들이 중요하지 않다'고 말하는 사람이다.

딸이 애교도 많고 마음 씀씀이도 아들에 비해 나아서 그런 것은 결코 아니다. 아들이건 딸이건 나 자신을 위해 아이들을 가르치고 키우는 것은 아니라는 것이다. 또 우리 아이들이 남자 여자 이전에 한 인간으로서 이 세상을 맘껏 멋지게 디자인하며 살 수 있으면 되는 것이라고 나는 생각한다.

몇 달 전까지만 해도 방 두 칸짜리 집을 세들어 살았던 나는 딸부잣집이라는 말을 들을 때마다 우스갯소리로 이렇게 하곤 했다.

"그나마 딸만 셋이니 두 칸 방에서 살지요. 아들없는 게 얼마나 다행인지 모릅니다."

건강하고 바르게 성장하는 우리 아이들. 그 아이들과 심성 고운 아내가 함께 하는 저녁. 설령 소주와 삽겹살이 없고 된장국 하나만 있다 할지라도 나에게는 우리 가족들이 있다는 그것만으로도 삶이 풍요로울 뿐이다.

교복 못 사주는 애비의 심정

큰 애가 중학교 1학년 때 우리는 서울로 이사를 왔다. 그때까지만 해도 나는 아이들 교복을 남이 입던 옷을 얻어 입혀야겠다는 생각을 한번도 해본 적이 없다. 30여 년 전 내가 중·고등학교 다닐 때는 동네에 잘사는 집 형들이 입었던 옷을 얻어 입는 것이 특별한 일이 아니었다. 그러나 요즘은 교복 한벌에 10만원 돈이 넘어도 남의 옷 입히려는 부모들이 드물다. 아이들도 입기 싫어하는 것은 두말할 나위없을 것이다.

살다 보니 예전에는 생각지도 못했던 일이 나의 현실이 되기도 한다. 큰 애가 중학교 전학을 오자마자 나는 학교측 재활용 담당선생님께 부탁을 해 교복을 얻어 입혔다. 지난해 작은 딸 아이가 중학교 입학할 때도 마찬가지였다.

나 역시 부모가 되어서 더 좋은 것을 사주지는 못할 망정 남들 다 사입히는 교복 한 벌 사입히지 못한다는 아픔은 이루 말할 수 없었다. 그러나 어쩌겠는가. 벌어 놓은 돈 다 날리고 거기다 남의 빚까지 진 놈이 한푼이라도 아끼는 길만이 살 길이니.

그리고 올해 큰딸이 고등학교에 진학했다. 재기를 꿈꾸며 서울로 온 후로 지난 2년간 아내는 직장을 다니고 나는 열심히 호떡을 구워 팔았으니 큰 돈은 아니더라도 돈을 모았다. 그러니 이번에는 새 옷 사줄 정도의 여력은 됐다. 그런데도 역시 나는 학교로 전화를 걸어 선배들이 남기고 간 교복을 부탁했다.

학교마다 졸업생들이 후배들을 위해 놓고 가는 옷들은 멀쩡한 옷들이어서 얼마든지 입을 수 있는 옷들이었다. 돈이 조금 생겼다 해서 갑자기 낭비하고 싶지 않았기 때문이다.

큰딸에게 미안한 마음으로 이번에도 재활용 옷을 입자고 하자 큰 아이는 싫다는 표정 하나 없이 그렇게 하겠다고 했다. 정말이지 우리 아이들이 이렇게 부모 마음을 헤아리고 매사에 낭비보다는 근면 검소하다는 것에 나는 행복했다. 아끼고 살아가는 이같은 생활 습관들은 먼 훗날 우리 딸들이 결혼하여 자식을 낳고 살 때 더욱 소중한 재산이 될 것이라고 생각한다.

물론 부모로서 돈이 없어 넉넉치 못하게 사는 고생을 당연한 것으로 합리화시키려는 생각은 결코 아니다. 단지 요즘 세태가 적잖게 황금 만능주의 속에 빠져 있는 상태이기 때문이다. 우리 사회는 겉치레를 중시하고 물질을 앞세우는 기성세대들이 여전히 많고 유

명 메이커면 무조건 선호하고 아르바이트를 해서라도 그것을 얻고
자 하는 아이들이 적지 않은 것이 현실이기 때문이다.

헌 옷을 입혀야 하는 부모된 입장에서는 한편으로 미안한 마음이
여전히 가시질 않았다. 감수성 예민한 사춘기 소녀이니 딸에게도
작은 바램은 있을 것이라는 생각이 들었다. 그래서 입학 선물로 무
엇을 해줄까 물었더니 신발을 원했다. 그 신발마저도 나로서는 유
명메이커는 결코 선택할 수 없었고 동대문 시장에서 중저가 브랜드
운동화를 3만원 주고 한 켤레 사다 주었다. 그런데도 딸아이는 너
무 좋아 어쩔 줄을 몰라 했다. 넉넉한 집 아이들은 10만원 대를 호
가하는 운동화를 신는데 딸아이는 새것이라는 그 자체만으로도 큰
기쁨을 느끼는 것이었다.

주식이 날아가기 전 익산에 살던 시절, 우리 아이들은 그때도 비
싼 브랜드를 사주지는 않았었다. 남의 옷 얻어 입히지는 않았지만
조금 여유 있다고 해서 과소비하며 살지 않았다. 그리고 아이들은
용돈을 모아 각각 300만원, 400만원씩의 저금을 하는 등 그렇게
절약하는 습관이 있었다. 직장생활하던 때 나역시 몇 십 만원씩 하
는 양복 한 벌 사입지 않았다. 이월상품 할인매장에서 옷을 사입고
와이셔츠나 신발도 재래시장에서 싼 것으로 사곤 했다: 만일 예전
에 우리가 흥청망청 낭비하며 살았다면 나는 물론이고 우리 가족도

다시 일어서지 못했을 것이다.

　지금 와서 가장 가슴 아픈 일은 아이들이 먹고 싶은 것 참고 브랜드 옷 사입지 않고 모은 그 저축통장들이 아버지의 주식으로 인해 소리 없이 사라졌다는 것이다.

공짜 용돈이란 없다

우리 아이들에게는 정해진 용돈이란 것이 없다. 일주일에 만원 정도씩 줘도 한 달이면 12만원 정도니 마음만 먹으면 못 줄 것도 없겠지만 이미 오래 전부터 나는 아이들에게 용돈을 주지 않았다. 용돈 안 주어서 밖에 나가 나쁜 짓이라도 하면 어쩌겠느냐는 걱정을 할 수도 있겠지만 그런 걱정은 하지 않아도 된다.

호떡을 팔면서 감자도 구워 팔기에 우리집은 매일 아침 감자를 깎아야 한다. 휴일에는 아이들도 이 일에 동참을 한다. 아빠를 돕겠다는 생각도 있겠지만 감자를 열심히 깎으면 그에 상응하는 돈을 받을 수 있기 때문이다. 바쁠 때 잔일을 도와주거나 구두를 닦으면 그때도 마찬가지로 아이들에게 적지만 돈을 준다. 우리 세 딸들은 이렇게 해서 일주일에 몇 천원의 용돈이지만 스스로 버는 셈이다.

아이들에게 필요한 학용품 구입비나 교통비 등 반드시 필요한 돈은 당연히 준다. 하지만 군것질을 하거나 그 외에 쓰여지는 돈은 각자 이런 방법을 통해서 돈을 모으도록 한다.

"부모가 되어서 아이들에게 일 시키고 잔돈 푼 주는 치사한 방법을 사용해."라고 누군가 날 욕해도 나는 개의치 않는다. 나는 아이들에게 돈은 공짜로 얻어지는 것이 아니고 일한 만큼 얻어지는 것이라는 사실을 느끼게 해주고 싶기 때문이다.

주식으로 못난 애비의 모습을 보이긴 했지만 시골에서 자라면서 온갖 고생을 하며 자식들을 가르치는 부모님들의 모습을 지켜본 나로서는 자식이 귀엽고 사랑스럽다고 해서 무작정 원하는 대로 퍼주고 싶은 생각은 추호도 없다. 사람은 스스로 땀흘리며 노력하여 돈을 벌어 보아야만 돈의 소중함을 알게 된다.

십 만원 대가 넘는 메이커 옷과 신발, 중·고등 학생으로서 반드시 필요한 것도 아닌 핸드폰, 밥 먹기 싫어 몇 천원씩 주고 사먹는 햄버거와 치킨 등등 이런 것들에 우리 아이들이 익숙해진다는 것은 나의 교육방침과는 거리가 먼 것이다.

옛말에 '고생은 사서도 한다'는 말이 있다. 사람은 적당한 고생과 돈의 소중함을 몸소 느껴 보아야 한다. 자신이 원하는 것은 부모의 능력을 빌려서라도 무엇이든지 가질 수 있고 당연히 해야 한다는 사고가 젊은 세대들에게 만연된다면 우리 나라는 더 이상 비젼이 없다고 본다.

아무리 불황이더라도 아이들을 대상으로 하는 엔젤 비즈니스는 잘 된다고 한다. 내 아이 만큼은 고생시키지 말아야 하며 최고의 것을 사용하게 해야 하고 최고의 대학과 최고의 배우자를 만나 부유하게 살아가길 원하는 부모들의 심리가 어린아이 때부터 영향력으로 작용하고 있는 게 현실이다. 우리 시대 모든 젊은 부모들이 다 그런 것은 아니겠지만 '내 아이는 다르다', '우리 아이는 최고여야 한다' 는 생각을 지닌 부모들이 적지 않은 것이 사실이다.

부모가 가진 능력은 그 부모가 나이가 들어 늙고 병들면 없어지기 마련이다. 자식이 나이 40~50세 될 때까지 늘 경제적으로 도와주어야 한다면 그 자식의 인생이란 부모의 거추장스런 짐일 뿐이고 국가적으로 사회적으로 무용지물인 인간일 뿐이다. 그런데도 우리 사회에는 지도층 자녀들도 이런 사람들이 허다하지 않은가?

부모의 능력을 등에 업고 엘리베이터식 인생을 추구하는 사람들, 그들의 삶은 그들이 어린 시절 어떻게 성장했는가에서 그 원인을 찾을 수 있을 것이다.

자녀교육에 있어서 내 방식이 전적으로 옳다는 것은 아니다. 다만 우리 아이들이 '돈이면 무엇이든 다 된다' 는 식의 사고방식이나 '무엇이든 원하는 것은 부모에게 의지하면 된다' 는 사고 따위는 갖지 않도록 하고자 노력할 뿐이다.

내 자식 소중하고 예쁘다는 생각을 이 세상 어떤 부모가 하지 않겠는가. 또 내 자식이 밥도 제대로 못 먹고 힘들게 살아가길 그 누가 원하겠는가. 다만 자식의 미래를 진정으로 중요하게 생각하는 부모라면 자식들 스스로가 올바른 가치관과 삶의 자세를 가질 수 있도록 어릴 때부터 도와주고 이끌어 주어야 한다는 생각이다. 자식이 잘 되고 못되는 것은 성년이 될 때까지 부모가 가정교육을 어떻게 시켰고, 어떻게 이끌어 주었는가에 달려 있다고 본다.

매스컴의 시선 집중 속에 호떡 스타가 되다

'어느 날 자고 일어났더니 스타가 돼 있더라'는 누군가의 말이 생각난다.

나이 마흔 일곱이 될 때까지 나 나름대로는 열심히 살았다는 생각과 나도 알고 보면 괜찮은 사람이라고 스스로를 치켜세우면서 살

△ '아침마당'에 출현한 이후로 많은 사람들이 나를 알아보기 시작했다

앴지만 요즘 흔히 말하는 대중의 '스타'가 되어 본 적은 없었다. 대다수의 보통 사람들이 그렇듯이 나 역시 평범한 삶을 살아왔던 것이다.

지난 몇 년간 주식 때문에 힘든 일을 수없이 겪어야 했던 내가 올 들어 갑자기 이상한 조짐을 느끼기 시작했다. 바로 TV '아침마당' 방송에 출연하면서부터다. 그 이전에 탤런트 김기섭 씨가 나의 점포에서 '체험 삶의 현장'을 녹화한 후로 남영동 '왕호떡'이 사람들에게 알려지기 시작했지만 나 자신은 많이 알려지지는 않았던 게 사실이다.

그러나 2월 달 '아침마당'에 출연하여 주식에서 망하고 호떡으로 재기하고 있는 나의 얘기를 풀어 놓은 후로 길거리를 다니면 나를 알아보는 사람들이 부쩍 많아졌다. 또 우리 호떡을 맛보고 나를 보기 위해 먼 데서 점포를 직접 찾아오는 고객들도 부쩍 늘어났다. 그런데 이게 웬일인가 싶을 정도다.

방송은 다른 프로그램들로 또다시 이어져 '제3지대'를 통해 '왕호떡'과 나는 다시 TV에 얼굴을 드러내게 되었고 방송에 뒤질세라 경제잡지, 여성지, 일간신문 등에서 인터뷰 기사가 꼬리를 물고 이어졌다. 그러다 보니 어디를 가든 이제 나를 알아보는 이들은 수없이 많아졌다.

초창기에는 생전 처음보는 사람들이 달려와 악수를 청하고 여학생들이 싸인을 해달라고 할 때 적잖게 당황스럽고 얼굴이 달아올랐지만 이제는 많은 분들이 나를 알아보고 말을 걸거나 인사를 하는 것에 익숙해진 탓인지 마치 일상적인 일쯤으로 여겨지기 시작했다. 그렇다고 나 자신이 스타가 됐다고 목에 힘을 주거나 거만해졌다는 얘기는 아니다. 주식으로 돈 날리고 가족들 고생시킨 내가 뭐 그리 잘났다고 나를 알아보는 이들에게 고개를 치켜세우겠는가. 단지 나를 알아보는 사람들이 많아지다 보니 조금은 연예인들처럼 자연스럽게 받아들이게 됐다는 것이다.

△ 호떡집을 하는 작은 2평 점포가 현장르포 제3지대에 방송되었다

이런 와중에 나는 정말 잊을 수 없는 고객 한 명을 만났고 나는 그 청년과의 만남을 영원히 잊을 수 없을 것 같다는 생각이 든다.

5월 초 어느 날이었다. 햇살이 한여름 날씨처럼 따가운 오후, 군인 한 사람이 점포를 찾아왔다. 막 휴가를 나온 듯한 그 군인은 잊었던 물건이라도 다시 찾은 듯 얼굴은 상기돼 있었고 무언가 만족스럽다는 표정을 짓고 있었다. 그리고 그가 처음 하는 말에 놀랐다.

"어, 정말 우리 동네 사람이네." 하며 반가움을 표시했다.

어찌된 영문인지 몰라 나는 그저 밝게 미소를 건넸다. 그러자 군인은 나를 찾아오게 된 이야기를 했다. 그 군인은 얼마 전 TV에서 나를 보았다는 것이었다. 자신의 집이 근처에 있는데 성남극장이 나오고 그 맞은편의 호떡가게가 나오더니 내 얼굴도 나오고 호떡가게 창업성공에 대한 이야기들이 나왔다는 것이었다. 지난 4월에 방송된 '제3지대'를 본 것이 틀림이 없었다. 그런데 이 군인이 그 다음 하는 말이 내 귀를 의심케 했다.

"아니 우리 동네에도 저렇게 훌륭하고 유명한 스타가 있었구나 하고 놀랐어요. 제가 군대가기 전에도 이 앞을 자주 오갔는데 그때는 아저씨를 본 기억이 없거든요."

군인의 말은 거짓이 없는 진실된 목소리 그 자체였다. 나는 그 젊은이의 기분을 조금은 이해할 수 있었다. 군대라는 곳은 외부와의 접촉이 통제된 사회이다 보니 군인들 대부분이 고향에서 온 편지 한 통만 받아도 그날 밤 위안감과 행복감에 젖어 잠을 못 이룰 정도인 게 군이라는 사회가 갖는 특징이다. 어쩌다 TV에서 자신의 모교 캠퍼스만 나와도 부대원들에게 큰 소리로 자랑을 늘어 놓기 일쑤이고 같은 고향 출신의 신병이 부대에 들어오면 친동생 만큼이나 애정이 가고 살갑게 느껴지는 게 군에 갔다온 사람이라면 누구나 공감을 하는 점이다. 그러니 이 군인 역시 단지 같은 동네라는 이유 하나 만으로 내가 나온 방송을 보면서 적잖게 가슴이 뿌듯해졌을 것이다.

호떡을 구우면서 군인의 말을 듣는 동안 나는 '아, 이런 것이 살맛나는 인생이구나' 라는 것을 느꼈다. 나로 인해 그 누군가가 즐겁고 잠시라도 행복한 느낌을 가질 수 있었다는 것은 얼마나 좋은 일인가 하는 그런 생각이 들었다.

군인은 휴가를 나와 집으로 막 가는 길이라면서 호떡 10개를 사서 손에 들고는 작별인사를 했다. 그날 오후 내내 나는 즐거웠다. 일반 사회와는 먼 곳처럼 느껴지는 군에서도 나를 보고 즐거워했던 사람들이 있었다는 사실 때문이었다. 그리고 휴가를 나오면서 곧장 나를 보러왔다는 그 군인의 뜨거운 가슴이 고맙기도 하고 내가 살아가는 데 영양제 같은 힘이 되었다.

한 번 실패했다고 해서 그 사람의 인생이 영원히 암담한 것은 절대 아니다. 실패하고 다시 일어서는 사람들은 한둘이 아니다. 나 역시 성공했다는 말은 할 수 없지만 다시 일어서는 과정을 밟고 있는 중이다.

앞이 보이지 않던 어둡고 힘든 터널을 나온 후 나 자신도 모르는 사이에 이렇게 내가 '스타' 가 되어 있다는 것은 나를 알아주는 모든 사람들에게 진정으로 감사해야 하고 우리 가족들에게 그 기쁨을 돌려주어야 할 일인 듯 싶다.

오늘도 나는 나 자신에게 물어본다.

"김민영! 너 정말 남영동의 '왕호떡' 스타가 된 거냐?"

2부

주식, 그리고
산산이 날아간 '12억'

아무 생각 없이 시작한 주식

본래 나는 주식에 관한 아무런 지식도 없었고 관심도 없었다. 한국통신 공중전화에 입사한 후로는 돈이 많아 주체할 수 없을 만큼 넉넉한 것은 아니었지만 돈이 없어 먹고 싶은 것을 못 먹고 살 만큼 어렵지 않았다.

80년대 후반 나에게는 행복한 시절이었다. 결혼하여 두 딸을 낳았고 열심히 직장 생활하면서 매월 지급되는 월급으로 소박한 행복을 꾸려나가고 있었다. 특히 우리 회사는 '팬티 외에는 모든 것이 다 지급될 만큼 복리 후생에 있어서 최고의 회사'라는 말이 나올 정도였다. 게다가 임금도 잘나가는 대기업 직원이 부럽지 않을 정도로 만족스러웠다. 이런 상황에서 내가 무엇하러 주식에 손을 대면서까지 돈을 벌고자 하겠는가?

그때까지만 해도 '대박의 꿈'이란 나와는 동떨어진 이야기였고 생각조차 해본 적이 없었다. 주변에서 누군가 주식으로 몇 백 만원을 벌었다는 얘기를 들어도 그저 그런가 보다 하고 넘어갔다. 돈 욕심이 크게 없는 편인데다 그때는 열심히 직장 생활에 충실하고 가족들과 즐겁게 사는 것이 나의 전부였던 것이다. 그리고 그것이 행복이라고 생각하며 살았다.

그런데 어느 날 잘 아는 사람이 나에게 주식 얘기를 하면서 전북은행 주식을 사두라고 권유했다. 전북은행은 내 고향의 은행인데다 투기성 주식도 아니고 해서 저축한다는 생각으로 아무 생각 없이 당시 2만 4천원이던 주식 100주를 샀다. 그리고는 까마득히 잊고 있었다. 총액이 2백 40만원이었으니 그렇게 큰 돈을 투자한 것은 아니었다.

그런데 놀라운 일이 발생했다. 주식을 산 지 두 달 만에 주가가 3만원으로 껑충 뛴 것이다. 가만히 앉아서 그것도 60일 만에 60만원을 벌었으니 잘나가는 직장인 한 달 월급을 거져 얻은 셈이었다. 하지만 한순간 놀랍고 즐거운 마음이었을 뿐 또 다른 주식을 사는 일은 없었다. 신문을 보다가 주식시세표가 나와도 그냥 지나칠 만큼 큰 매력을 느끼지 못했었다.

주식이란 돈 많고 시간적 여유 있는 사람들이 소일삼아 객장에 나가 이런저런 세상 돌아가는 얘기도 하고 재수 좋으면 짭짤하게 돈도 벌고 그러는 것인 줄로만 알았다. 그 후로 94년 한국통신 프리텔 주식을 살 때까지 한동안 나에게 주식이란 남의 일이었다.

평일에는 열심히 직장생활에 충실했고 주말에는 가족들과 화목한 시절을 보냈다. 아내는 내성적이어서 말수가 적고 일을 벌리지 않는 성격이다. 그러나 나는 그 반대였다. 주말이면 친구나 가족들과 교외로 낚시를 가길 좋아했고 퇴근 후 집에 돌아오면 아이들과 자전거를 타면서 놀아주는 꽤 자상하고 괜찮은 아빠였다.

늦둥이인 막내만 빼고는 식구수대로 낚시 장비와 자전거가 있을 정도였다. 딸들이라고 해서 예쁜 옷만 입혀 공주처럼 키우지 않았다. 자전거도 잘 타고 낚시도 직접하고 무엇이든 적극적으로 참여하는 열린 생활을 할 수 있도록 유도했다.

지금 기억해도 80년대 후반 90년대 초 · 중반 우리 가족은 무척이나 재미있고 즐겁게 살았다는 생각이 든다. 때문에 그 시절이 가끔씩 그리워지기도 한다. 지금은 아이들이 중 · 고등학교에 다니고 나는 온종일 호떡을 굽느라 예전처럼 교외로 나가 여유 있게 휴식을 취할 수 없는 형편이니 아이들에게 미안할 뿐이다. 그 때문에 집에 들어가면 딸들과 대화시간을 더 많이 가지려고 나름대로 노력한다.

아파트 열두 채, 긴장과 흥분

회사와 가정만을 오가며 직장 생활에 열심히 했다. 그 결과 드디어 94년도 나는 5급에서 4급으로 승진을 하게 되었다. 가난한 농부의 아들로 태어나 많이 배우지도 못했는데 대기업의 과장이란 직책을 달게 되었으니 나로서는 영광스러운 일이었다. 직장다닐 맛이 나고 사는 재미가 난다는 것을 실감하는 시기였다. 그것만으로도 나는 만족했어야 했다. 그런데 욕심이란 놈이 날 유혹하기 시작했다.

동료직원 중 한 사람이 당시 주식을 하고 있었다. 우연한 계기에 주식의 매력에 대해 듣게 되었고 처음으로 마음먹고 주식을 사게 되었다. 지금은 KTF인 한국통신 프리텔 주식이었다. 당시는 비상장 주식이었기 때문에 장외주식이었지만 비젼이 있다는 정보를 듣고 1만원짜리 4천 주를 구입했다. 이 주식만 잘 가지고 있었어도 나는 지금쯤 돈 방석에 앉아 있을지도 모를 일이다. 지난 99년 12월에 무려 30배나 되는 30만원까지 올랐으니 말이다.

하지만 주식을 하는 사람들이 한 곳에 돈 묻어두고 가만히 있는 사람은 극히 드물다. 수시로 치고 빠지고 하는 소위 단타라는 것을 즐기면서 그 차익을 노리는 것이다.

하룻밤 지나면 돈이 배로 불어나는 일도 비일비재하다 보니 사고 팔고를 반복하면서 자연히 수량은 늘어났다. 당시 가장 많이 거래한 주식은 상장되기 직전의 장외주식들을 샀다가 상장이 되면 팔곤했다. 그런 과정을 수없이 반복하다 보니 시세차익으로 얻어진 돈은 날이 갈수록 불어났다.

긴장과 흥분이 그렇게 몇 년간 나를 지배했다. 그때는 주식 지상론자나 다름없었다. 주식을 잘한다고 소문이 나자 주변 사람들이 너도 나도 돈을 들이 밀면서 돈되는 주식을 사달라고 부탁을 하기도 했다. 그때는 주식으로 돈을 번다는 것에 대해 '이것은 도박이나 다름없다' 라는 생각을 전혀 하지 않았다. 눈앞의 돈에 정신이 쏠리다보니 양심의 가책 같은 것이 있을 리가 없었다. 더욱이 나 혼자만 그렇게 주식으로 돈을 버는 것이 아니었으니 내가 주식을 하는 것은 지극히 당연한 일쯤으로 여겼다. 한마디로 주식에 정신이 쏙 빠져 있었던 것이다.

언젠가는 빈털털이가 될지도 모른다는 생각은 상상조차 할 수 없었다. 500만원 투자하면 한두 달 안에 3천 만원으로 불어나는 것은 예삿일이었으니 주식만 생각하면 밥을 먹지 않아도 즐거울 정도였던 것이다.

90년대 후반에 이르러서는 노트북 컴퓨터를 구입해서 수시로 주식 정보를 찾아 웹 서핑을 하고 신문과 뉴스를 통해 기업정보를 분석하는 등 나름대로 주식에 관해서는 박사급이 되어가고 있었다.

비록 주식에 빠져 있긴 했지만 한 가지 직장생활만큼은 게을리하지는 않았다. 주식은 주로 퇴근 후 집에 와서 정보를 찾고 주식을 하는 몇몇 사람들과 수시로 정보를 교환하는 속에서 진행되었다.

이렇게 진행된 나의 주식게임은 99년에 이르러서는 자그마치 거래량이 12억원에 달했다. 당시 그 돈이면 내가 살고 있던 익산의 아파트 12여 채를 사고도 남을 만한 돈이었다. 그러니 날마다 나는 장밋빛 꿈 속에 젖어 있었다. 세상 부러운 것이 없었고 머지 않은 날 그래도 부자소리 들으며 살 것이라는 기대감과 화려한 꿈을 꾸지 않을 수 없는 일이었다. 당시 나의 주거래 담당직원의 매출실적이 전국 1위였을 정도니 나의 주식 규모와 실적도 어느 정도였는지 짐작이 가는 일이다.

어느 정도 충족이 되면 더 이상 욕심을 부리지 말아야 한다. 메뚜기도 한철이라는 말처럼 사람이 하는 일이 늘 잘되기만 하는 것은 아니기 때문이다. 하지만 사람들은 하나 가지면 둘을 가지려고 욕심을 낸다. 그 당시 나 또한 그랬다. 만일 더 이상 욕심내지 않고 그 쯤에서 모든 것을 정리했더라면 내 인생은 또 달랐을 것이다.

신이 호떡 장사를 나에게 시키려고 그랬는지 그때는 내 욕심이 과하다는 생각을 갖지 못했던 것이다. 12억원 속에 단꿈에 젖어 있던 그 순간에는 엄청난 실패가 다가오고 있다는 것을 알 리가 없었다. 그 후로 나는 추락하기 시작했기 때문이다.

지금에 와서는 값비싼 인생 수업료를 치루었다 생각하고 아예 모든 것을 다 잃어버렸기 때문에 새로운 도전도 할 수 있었다는 생각을 한다. 초고속 엘리베이터를 돈 안내고 타고 즐겼으니 언젠가는 추락하는 것이 어쩌면 당연한 일일 수도 있다. 만일 내가 주식으로 실패를 경험하지 않았다면 지금쯤 또 어떤 더 큰 욕심에 사로잡혀 있을지도 모를 일인 것이다. 그러니 실패한 것은 어쩌면 잘된 일인지도 모른다.

만져보지도 못하고 산산이 날아간 '12억'

　　　　　　　　　　모든 도박의 특징 한 가지는
대박은 한 순간이며 잃는 것은 소리없이 자신도 모르는 사이에 쪽
박을 차게 된다는 것이다.

　주식도 마찬가지다.

　몇 번을 실패하다가도 가끔씩 한 순간에 대박이 터지면 그 순간
부터 세상이 달라 보인다. 아무리 작은 실패를 여러 번 하더라도 대
박 한번만 터지면 된다고 생각하니 잃는 것에는 당장 그 느낌이 오
질 않는 것이다.

　1999년부터 12억의 정점에 서 있다가 나는 서서히 잃어가고 있
었다. 하지만 그때는 "이럴 수도 있지. 이거 하나 날아간다고 내 주
식 모두가 그런 건 아니지."라는 생각을 가지고 있었던 것 같다.

　주식이 왕성하던 1999년부터 이듬해 초까지 장외주식이었던 D
넷을 90,000원대에 구입한 것이 시간이 흐르면 흐를수록 추락했
다. 오죽하면 지금은 2,000원대로 빠져 있다고 하니 사실은 그 주

식부터 박살이 나기 시작한 것이었다. 그때부터 박살났지요.

프리텔은 이미 130,000원대에 정리를 했으니 크게 남는 장사를 한 것이다. 하지만 오히려 안 팔았더라면 더 큰 돈이 되었을 것이다. D넷에 이어서 나를 움추리게 만든 것은 CEO 문제로 대형사고가 터졌던 H사의 주식이었다. 당시 33,000원에 구입한 것이 270원까지 추락하다가 지금은 휴지 조각이 된 상태니 내가 감당했어야 하는 손해는 엄청난 것이었다. 이 뿐만이 아니었다. 현재 400원대에 머물고 있는 S시스템 주식도 구입시에는 8,000원대에 구입했으니 90년대 말 나는 하나같이 막차 탄 주식들을 구입한 것이다.

이처럼 오히려 상승세를 지속적으로 탄 주식들은 팔아버리고 추락이 예고되었던 주식들은 무작정 사들였으니 그때 이미 나는 실패의 길에 접어든 터였다.

2000년도 새로운 밀레니엄을 맞이했지만 내가 비싸게 산 주식들은 하루하루 갈수록 추락을 거듭했고 사는 즐거움마저 없어지기 시작했다. 술을 마시고 혼자 속앓이를 했지만 다 소용없고 부질없는 일이었다. 이미 나의 주식은 추락하고 있었던 것이다.

이런 사실을 아내나 주변 사람들에게 말도 못하고 혼자서 속을 썩다 보니 그때 내 심정은 말이 아니었다.

2000년도 말이 되면서 내가 지닌 주식들은 더 이상 희망이 없다는 생각을 갖기 시작했다. 이제 포기할 때가 오는가 보다 하는 느낌이 들면서 진작에 정리할 걸 하는 후회와 아쉬움을 가졌지만 이미 결론은 나 있는 상황이었다. 남은 것은 주변에서 빌린 빚과 눈덩이처럼 불어난 카드 값 뿐이었다.

고스톱을 치다가 돈을 날렸다면 최소한 손에 돈을 만지작 거리다가 날렸을 일이고 땅을 사두었다가 그것이 헐값이 되었다 해도 최소한 한번은 그 땅을 밟아 보았을 것이다. 이놈의 주식은 손으로 한번 만져보지도 못하고 숫자 게임만 한 것이었다. 그러니 나로서는 억울하다는 생각이 더 들었다. 사실 도박이나 다름없는 일을 나 스스로 저지른 것이니 억울할 것도 슬퍼할 가치도 없는 일이었지만 그 당시는 하늘이 무너져내리는 것 같았고 세상이 원망스러웠다.

"하필이면 왜 내 주식들이 다 이렇게 망가지나."

내 돈 잃고 속 좋은 놈 없듯이 나는 이렇게 생각하면서도 그때는 "이 모든 게 내 탓이오."는 생각은 하지도 않았던 것이다. 안되면 세상 탓이고 잘 되면 나 잘나서 잘된 것이라는 오만을 가지고 있던 것이다.

2001년 초가 되자 12억은 몇 백도 안 되는 희생 불가능한 수준으로 내려 앉았고 나 역시도 주저앉을 수밖에 없었다. 12억이나 되는 돈이 산산이 찢어져 휴지 조각처럼 날아가게 되었으니 '대박'의 꿈을 이루었다고 만족해하던 나는 너무도 기가 막혀 눈물도 나오질 않는 입장이 된 것이었다.

이렇게 만 2년 사이에 나는 무너져 버렸다. 사는 게 허무해지고 비참하고 처절한 것이 바로 이런 걸 두고 하는 표현이 아닐까 하는 생각이 들었다. 그렇게 주식의 대박 꿈은 나로부터 매몰차게도 떠나 버렸다.

주식은 미친 짓이다

　　　　　　　　　　누구든지 한번쯤은 뼈아픈 실
패를 경험해야만이 뒤돌아 서서 자신을 뒤돌아보게 된다. 아무리
입이 아프도록 이해시키고 설명해도 주식에 빠진 사람은 그말을 듣
지 않을 것이다.

　나 역시 마찬가지였다. 주식에 눈이 멀어 한때 고무풍선 같은 꿈
을 안고 살았다. 그러니 나란 사람도 잘한 일은 없는 것이다. 주식
이 어떻든 간에 내가 하지 않았으면 실패도 없었을 일이었다. 결국
쓰라린 실패를 경험하고서야 주식을 하며 보냈던 몇 년의 세월과
나 자신에 대해 반성을 수없이 했다. 그런 과정을 통해 깨달은 사실
하나는 '주식은 미친 짓이다' 는 것이다. 때문에 누군가 주변 사람
이 주식을 한다면 보따리 싸들고 쫓아다니며 말리고 싶은 심정이
다.

　내가 주식에 대해 강한 비판론자가 되고 주식을 도박이나 마약처
럼 생각하는 데는 그만한 이유가 있다. 단지 내가 실패해서 불평처

럼 하는 말은 결코 아니다.

주식에 대해 투기가 아닌 투자 개념을 갖고 비전이 있는 기업을 선택하여 내 돈을 투자해 주고 기업이 성장하면 그만큼 나도 이익을 얻겠다는 올바른 생각을 갖고 주식을 하는 이들은 극소수에 불과하기 때문이다. 주식을 하는 이들 중에는 나처럼 '대박'을 노리는 이들이 부지기수다.

현 시대 대한민국의 주식시장에 대해 나는 주식을 투자가 아닌 투기라고 본다. 아니 투기를 뛰어넘어 투척이라고도 말할 수 있다. 정부관계자이든 증권회사 사장님이든 그 누구든 간에 내가 이렇게 하는 말에 해명하거나 할 말이 있으면 해보라고 마이크 갖다 주고 싶을 정도다. 이유는 주식시장이 요행으로 대박을 꿈꾸는 이들에 의해 움직여지는 시장이라는 데 있다.

누구나 주식을 해서 돈을 벌기도 한다. 하지만 최종에 가서는 개미군단의 99%가 실패로 끝난다. 주식은 불법이 아닌 정상적인 시장이다. 겉으로 보기에는 적어도 그렇다. 그런데 왜 주식으로 인해 수많은 가정이 해체되고 많은 이들이 그 실패의 아픔을 뼈저리게 느끼며 살아가는 것일까. 심지어는 주식 실패로 목숨을 끊은 이들도 있다. 실제 주식시장이 국가가 인정한 정상적인 시장임에도 불구하고 99%의 사람들이 패배의 쓴 잔을 마시는 이유는 무엇일까?

이것에 대한 정답은 내가 내릴 일은 아니다. 한 가지 내가 정확히 할 수 있는 말이 있다.

"카지노와 경마는 현찰이 없으면 할 수 없다. 외상이란 없기 때문이다. 그러나 주식은 외상도 있다."

이는 다시 말해 주식시장 자체가 도박심리를 부추기거나 유혹하는 환경으로서는 각종 '돈 놓고 돈 먹기 게임'의 최상급이라는 것이다.

주식에는 '미수'라는 것이 있다. 이것이 바로 외상으로도 주식을 살 수 있게 하는 미끼인 것이다. 이를테면 신용거래로서 통장에 잔고 100만원만 있으면 다섯 배인 500만원까지 외상 거래를 할 수 있는 제도다. 일단 외상거래를 하고 3일 내에 빌린 금액을 갚으면 된다.

처음부터 미수를 쓰는 이들은 드물다. 나 또한 그랬다. 하지만 주식에 빠져들다 보면 도둑놈 심보가 되어 이것을 활용하게 된다. 내가 미수를 가장 많이 사용해본 금액은 1억원이다. 이쯤 되면 나의 주식 거래물량이 12억이 됐다는 것에 수긍이 갈 일이다.

어찌 됐든 이같은 '미수' 제도는 주식시장에 대한 신뢰도를 낮게 볼 수밖에 없는 단적인 예인 것이다. 안 쓰면 될 일이지 왜 써놓고 그런 말 하느냐고 할 수도 있겠지만 주식에 눈이 멀었는데 그 유혹을 그냥 지나치는 일은 힘든 것이다. 참새가 방앗간 그냥 못 지나가 듯이 말이다. 요즘 신용카드 사용자 중 연체자가 부지기수여서 사회문제가 되고 있는 상황이다. "외상이면 소도 잡아 먹는다."는 속담을 생각나게 하는 일이다. 주식에서의 미수 또한 이와 마찬가지인 셈이다.

내가 왜 주식하는 사람은 보따리 싸들고 다니며 말리고 싶다고 하는지 이제는 이해가 될 것이다. 먼저 실패를 경험한 사람으로서 아직도 주식을 하는 개미군단 여러분들께 간곡히 부탁하고 싶다.

"경제적으로 여유가 있어 일정 금액을 신뢰하고 전망이 밝게 보이는 기업에 투자할 생각으로 주식을 한다면 말리고 싶지 않습니다. 하지만 주식으로 단기간 내에 돈을 좀 벌어보겠다고 생각하는 분이라면 지금이라도 늦지 않았으니 더 큰 실패가 있기 전에 정리를 하십시오."

빚 때문에 처남과 인연을 끊다

정치하는 사람들의 경우 선거에 출마했다가 떨어지면 사돈의 팔촌까지 다 힘들어진다는 말이 있다. 집안의 한 사람 국회의원 만들려고 이집 저집 있는 자금 다 끌어들여다가 선거자금으로 썼다가 결국 낙선하면 온 집안이 망하는 꼴이 된다고 한다.

주식은 역시 한 사람이 주식에 미치면 그 주변사람부터 친척까지 영향을 미친다. 때문에 주식 역시 할 짓이 못된다.

주식으로 돈과 재산을 탕진하면서 나 역시 친척들의 돈을 끌어다가 쓰고 결국엔 갚지 못하거나 아내에게 발각되어 엄청난 곤욕을 쳐 있었으니 누구에게 창피하거나 미안하다는 생각조차 하지 않았 머님 돈, 사촌 돈, 동생 돈, 조카 돈을 끌어들인 것이다. 주식에 미쳐 있었으니 누구에게 창피하거나 미안하다는 생각조차 하지 않았던 것 같다. 내가 저지른 일이었지만 지금 생각해도 참 한심한 짓을 했다는 생각이 든다.

뒤늦게 여기 저기서 돈을 빌린 것을 알게 되자 아내로부터 가장 호되게 혼난 사람은 남동생이었다. 그야말로 자기 딴에는 급해 하는 형의 부탁을 들어주었으니 고맙다는 소리를 들어야 할 판에 오히려 뺨 맞은 격이었다. 한번 주식해서 망한 사람인데 어떻게 형수와 의논 한번 없이 무턱대고 돈을 빌려줬느냐고 아내는 시동생을 나무라면서 상종 못할 사람이라고 퍼부어댔다. 아내는 아내대로 화가 머리 끝까지 치밀어 오른 상황이었다.

그도 그럴 것이 하나 해결하고 나면 또 하나가 터져나오니 아내 입장은 겪어보지 않은 사람은 모를 일이었을 것이다. 남편 때문에 가족들에게까지 빚쟁이 소릴 들어야 했으니 말이다.

돈 때문에 가족간의 의가 상할 때 가장 정신적인 고통이 심하다는 것을 나 역시 뼈저리게 느꼈다. 어머님 돈이나 동생 돈은 그렇게 넘어갔다고 해도 조카 돈은 또 달랐다.

내가 투자했던 주식이 한참 상한가로 오르고 있을 무렵 둘째 처남의 딸인 조카가 자신의 돈을 잘 투자해달라고 부탁을 해왔다. 조카는 결혼 자금으로 마련해 놓았다는 돈 천만원을 나에게 맡긴 것이다. 처음에는 주식이 올라 이득을 보기도 했으나 결국에는 날리고 말았다. 그러자 처남과 사이가 멀어지기 시작했다. 결혼을 한다고 해서 우선 500만원을 만들어 주고 나머지는 훗날 갚겠다고 사정을 했지만 돈 앞에서는 친척이 남보다 더 매몰차게 느껴졌다.

먹고 살만하니 500만원 정도야 시간을 기다려줄 수도 있다고 내 입장에서만 생각한 것이다. 하지만 처남과 그의 가족들은 달랐다. 결국 3개월 정도에 걸쳐 돈을 갚았고 그 후로는 연락을 끊었다. 가족 모임이 있을 때도 서로 부딪히지 않으려고 한 사람이 가면 다른 한쪽은 가지 않았다.

나야 친형제가 아니니 그럴수도 있다고 치자. 하지만 자신의 오빠와 인연을 끊고 지내는 아내의 마음은 여간 쓰리고 아픈 일이 아닐 수 없었을 것이다. 한번 만져보지도 못한 돈 때문에 피를 나눈 형제와 원수처럼 지낸다는 것은 슬픈 일이 아닐 수 없었을 것이다. 3년 정도는 서로 오가지도 않고 미워하며 보냈다.

모든 것이 나의 잘못에서 시작됐다는 생각을 하면서도 한편으로는 "차라리 남이라면 그렇다 쳐도 그래도 형제인데 어떻게 그럴 수 있는가."라는 서운함이 좀처럼 가시질 않았었다. 그런 말할 자격도 없는 나였지만 처가에 큰 일이 있어도 가지 않으려는 아내를 볼 때마다 마음이 아팠다.

금강산 육로 관광길까지 열려 남북이 화해하는 시대에 어쩌자고 형제간의 인연을 이렇게 끊어야 할까. 그런 생각을 하면서도 자존심과 서운함 때문에 우리는 서로 화해를 하지 못한 채 시간을 보내

왔다.

지난 4월에 막내 처남이 큰 집으로 이사를 가면서 온 가족들을 다 불렀다. 나는 마음을 고쳐 먹었다.

"그래 이제 남에게 아쉬운 소리 하지 않아도 될 만큼 우리 부부 열심히 벌어서 밥 먹고 살고 있는데 지난 날 서운했던 감정을 끝까지 가져가야 무슨 소용이 있겠는가? 차라리 내가 먼저 용서를 빌자."

그러고 보면 나도 천성이 나쁜 사람은 아닌 것 같다. 모질지를 못하니까.

그날 둘째 처남에게 먼저 용서를 구하자 처남은 기다렸다는 듯이 기분 좋게 그간의 앙금을 지워 버렸다. 그간 두 집의 갈등 때문에 옆에서 불편했던 나머지 가족들은 박수를 쳤다.

가족들이 돌아가면서 나에게 술을 권했고 나 역시 기분 좋게 만취할 수 있었다. 그러나 결국엔 술을 너무 많이 마셔 집으로 돌아오는 길에 넘어지는 사고가 발생했다. 운이 좋았을까. 다행히도 타박상 정도로 끝이 났다.

끝내 버리지 못한 욕심은 또 한번의 좌절로

　　　　　　　　　주식으로 집안이 쫄딱 망했다
는 사람은 나 뿐만이 아니다. 공무원 정년퇴직을 하고 할 일 없이
있다가 주식에 손을 대 노후생활 자금인 퇴직금을 한순간에 날렸다
는 사람, 동생의 권유로 주식을 시작했다가 집까지 다 날렸다는 초
등학교 여교사, 내 집 장만하려고 10년간 부부가 맞벌이하면서 모
은 돈을 아내 몰래 빼서 투자했다가 3분의 1도 못 건졌다는 은행 청
원경찰 등등 사람들도 각계 각층이고 사연도 제각각이다.

　이러고 보면 주식이 마약만큼이나 무서운 게 아닌가 싶다. 학력,
성별, 직업, 나이에 상관없이 한번 재미를 느끼면 정신없이 빠져드
는 것을 보면 그렇다. 나 자신 또한 이성적인 판단으로 조절이 불가
능하다는 것을 절실히 느꼈던 것이다. 과용이란 것이 이렇듯 무서
운 것이다.

　주식으로 모든 것을 다 잃고 서울로 올라와 열심히 살아보겠다고
호떡 장사를 시작한 나였다. 그런데 어찌된 일인지 시간이 흐를수

록 이대로 물러설 수는 없다는 생각이 들었다. 호떡 장사를 6개월 정도 했을 즈음 안정을 찾게 되던 어느 날 나의 못된 도박 끼가 발동을 했다. 다시 또 주식에 손을 댄 것이다. 도박 못지 않은 게 바로 주식인 것이었다. 한두 번 재미를 느끼게 되면 열 번 실패해도 언젠가는 대박이 터질 거라는 막연한 기대감에 사로잡혀 갈수록 빠져들게 된다.

이미 눈에 뭔가 헛것이 보인 것이 틀림없었다. 그때는 정말이지 크게 한 건 되겠다 싶었다. 사실 호떡 장사를 시작할 무렵에도 나는 아내 몰래 갖고 있는 적은 돈으로 주식을 했다. 하지만 큰 액수가 아니었기에 큰 타격이 오거나 문제가 되지는 않았다. 하지만 이때는 나 자신도 귀신에 홀렸는지 직장다닐 때 부었던 적금, 보험 그리고 호떡 장사하면서 조금씩 모아두었던 돈까지 몽땅 주식에 쏟아부었다. 그것도 모자라 은행 돈까지 빌렸는가 하면 아내 몰래 어머님 돈, 동생 돈을 끌어왔다. 자그마치 7천여 만원을 투자했는데 역시 주식은 승산 없는 도박이었다.

금요일에 산 주식이 이튿날인 월요일 거래정지 되는 게 아닌가. 관리종목으로 1,320원 하던 주식이 어떻게 3일 만에 이런 일이 일어날 수 있을까. 땅을 치고 후회 해본들 이미 물 건너간 뒤였다. 그 일이 있은 후 며칠 동안 호떡도 굽지 않고 방황을 했다. 밥이 입에 들어가지도 않았고 더 이상 희망이란 보이지 않는 그 자체였다.

얼굴이 달아오르고 말이 입에서 나오질 않았지만 어쩔 수 없었다. 다시 살려면 가장 가까운 내 아내에게 모든 사실을 고백하는 수밖에 없었다. 그러자 아내는 아무 말도 하지 않았다. 주식으로 모든 것을 정리하고 서울로 올 때만 해도 아내는 나를 위로해 주었었다. 하지만 이번에는 아예 무표정했다.

열심히 노력하면서 사업을 하다 망했으면 가족들이 오히려 더 안타까워하며 다시 일어설 수 있도록 발벗고 나서서 도와줄 것이다. 주변 사람들도 위로해 주고 동정이라도 할 것이다. 그러나 도박이나 다름없는 주식을 하다 망하면 손가락질밖에 받지 못한다. 가족들 볼 면목도 없으니 술 한잔 마시면 차라리 나 혼자 죽어버리고 말까 하는 최악의 상황까지 가는 이들도 한 둘이 아니다.

그러니 지금 생각해도 그 당시 아내가 나에게 갖는 배신감이란 엄청났을 거였다. 나라는 사람에게서 더 이상 희망이 보이지 않는 그런 심정이었을 거라는 생각이 든다. 불과 1년도 채 못되어 또 대형사고를 친 것이니 과연 남편이란 사람이 인간으로 보였겠는가.

그때 처음으로 아내는 집을 나갔다. 일을 벌린 당사자인 내가 생각해도 오죽했으면 그랬을까 싶다. 하지만 아내는 저녁이 되자 집으로 돌아왔다. 아침마당 방송시 뒤늦게 안 사실이지만 그때 아내는 그런 생각을 했다고 한다. 남편이야 더 이상 기대하고 싶은 것도 없고 보기도 싫었지만 집에 있는 딸들이 걱정스러웠고 더욱이 큰 애가 학교시험이 있던 때인지라 마음을 돌렸다고 한다. 또 자신의 친정 식구들을 생각하면서 더 이상은 그들에게 걱정을 주고 싶지 않았고 못난 동생이 되고 싶지 않았단다.

만일 그때 아내가 나와 딸들을 버리고 영영 집으로 돌아오지 않 았다 할지라도 나로서는 할 말이 없는 입장이었다. 물에 빠진 인간 건져 놓았더니 이제는 흙탕물에서 금붕어 잡겠다고 뛰어들어 또 빠 져 버린 꼴이니 누군들 그 인간을 건져 주고 싶겠는가.

아내에게 백 번 사죄해도 부족한 사람이 나 자신이라고 생각하면 서 그 후로는 주식이란 내 머릿속에서 아예 지워버렸다. 길가다 증 권회사 지나칠 때는 아예 간판도 올려다 보지 않았다. 오죽하면 TV 에 주식시세 나올 때는 곧장 리모콘으로 스위치 오프할 정도이다. 하루종일 호떡 팔아야 돈 10만원 벌까 말까인데 며칠 만에 칠천만원을 고스란히 날렸으니 생각조차 하기가 싫은 것은 당연한 일이었다.

결국 그 주식은 거래정지 후 10여 일이 지나자 정리기간이 왔고 그때 다행히도 500원에 팔 수 있었다. 정리기간에는 270원부터 거 래되는 것을 생각하면 그나마 조금 더 건질 수 있었던 것을 행운이 라 생각해야만 했다. 하지만 그 후로 한참동안 우리 부부는 빚 갚느라 마음 고생, 몸 고생을 해야 했다. 아내는 퇴근 후면 호떡 가게로 나와 피곤한데도 불구하고 나를 도와 호떡 하나라도 더 팔려고 안간힘을 썼다. 이런 아내가 나에게는 세상에 다시 없는 천사처럼 보일 수밖에 없는 이유다.

아내에게 쓴 편지

2003년 2월 25일.

아마도 죽는 날까지 나는 이 날을 잊지 못할 것 같다. 결혼 후 아내와 함께 살면서 이런 날이 있으리라는 생각을 해본 적이 없었다. 평범한 서민 가정의 남편이 TV 방송에 나가 아내에게 '미안하다', '사랑한다'고 말하기란 기회도 쉽게 주어지지 않거니와 넉살 좋은 사람이 아니고서야 그게 쉬운 일이 아니기 때문이다.

지난해 또 한차례 주식으로 아내의 속을 썩인 후로 나는 주식으로부터 완전히 벗어났고 호떡 구우며 하루하루 열심히 살아가는 진실된 삶을 찾았다. 하지만 늘 내 가슴 한 켠에는 아내에 대한 죄스러움과 미안함, 고마움 그런 것들이 뒤엉켜 있었다. 어떻게 해서든 그것들을 씻어버리고 싶은데 술 한잔 마시고 한두 마디 건네는 것으로서는 쉽사리 풀어질 것이 아니기에 더욱 괴로웠다.

새해가 되면서 나는 독한 마음을 먹었다. 자랑할 것은 아니지만 내가 이제는 건강한 정신을 갖고 열심히 살아가고 있으며 아내를 사랑하는 마음이 너무도 크다는 것을 세상 모든 사람들에게 고백하기로 한 것이다.

어느 날 직접 KBS 1TV '아침마당' 담당자에게 전화를 걸어 사연을 얘기했다. 출연신청을 하면서도 가슴 찡한 사연을 가진 사람들이 한둘이 아니니 반드시 출연 기회가 올 거라는 기대를 하지 못했었다.

그런데 이게 웬일인가. '지성이면 감천이다' 는 말이 나에게도 현실로 나타났다. '아침마당' 출연이 확정됐다는 연락을 받게 됐다. 그것도 노무현 대통령 취임식 날이었다. 방송국에서는 아침 프로그램인 관계로 대통령 취임식 이라는 특별한 날인 만큼 여느 때처럼 부부간의 문제를 해결하는 형태로 진행하지 않고 서민들이 실패를 딛고 다시 일어나는 메시지를 전달하려고 했던 것 같다. 때문에 우리 부부는 딸 셋이 방청석에 앉아 있는 앞에서 "12억원짜리 호떡을 팝니다' 라는 제목으로 방송에 출연했다.

주식으로 실패하며 아내를 속상하게 했던 이야기들과 호떡을 구우며 새로운 삶을 찾아가는 사연들을 털어 놓았다. 그리고 마지막에 진행자 이금희 씨는 내가 쓴 편지를 읽어 주었다.

아내는 방송중에 몇 번씩 눈물을 쏟았지만 나는 차마 눈물을 보일 수 없어 가슴 속으로 참회의 눈물을 흘렸다. 이로 인해 늘 나를 불안한 존재로만 여기던 아내의 마음은 한결 가벼워졌다는 것을 알수 있었다.

또 한 가지 '왕호떡'은 이 방송이 나간 후로 더욱더 유명해졌다. 특히 이 프로그램의 주시청자인 여성들은 식당에서 버스에서 호프집에서 나를 쉽게 알아보고는 먼저 인사를 하며 반가워 한다. 또 이 방송 후로 다른 방송 프로그램이나 잡지, 신문 등이 꼬리를 물고 '왕호떡'을 소개해 우리 집 호떡은 쉬지 않고 구워내도 모자랄 정도로 인기가 더욱 좋아졌다.

(방송에서 읽은 편지)

너무너무 사랑하고 존경스런 당신께

여보, 나는 언제부터인지 당신을 사랑하는 마음보다는 오히려 존경스런 당신으로 내 마음이 바뀌어져 더욱더 당신이 나에게 소중한 사람이구나 하는 것을 느끼고 있다네.

시집올 때 가져온 옷이며 살림살이를 지금까지 바꾸지 않고 소중하게 생각하며 검소하게 살아온 당신을 나 혼자서 칭찬해 주기엔 너무 아까워 세상 사람 모두에게 당신을 자랑해 주고 싶어 내가 아침마당에 신청했다오.

제대로 입고 쓰지도 못하며 모아둔 재산을 주식으로 탕진하고 카드 빚이 얼마인지 모를 정도로 뽑아 쓰며 당신 마음을 아프게 했던 지난 날들을 용서해 주고 그래도 당신이 나에게 다시 일어설 수 있는 희망과 용기를 주어 지금은 오히려 그것이 기사회생이 되어 요즘이야말로 세상 살아가는 맛이 난다오.

돈 욕심 버리고 마음 비우며 생활하니 하루하루가 즐겁고 행복하게만 느껴진다오. 이 자리를 빌어 당신에게 고맙다는 얘기를 전하고 싶소. 앞으로는 당신을 위하여 무엇을 해서 즐겁게 해줄 것인가만 생각하며 살아가겠소.

여보, 호떡 장수로 변한 지금의 내 생활이 너무 너무 좋은 것 같구려. 비록 한 평이 안되는 노상에서 장사를 하지만 가게만 나가면 시간가는 줄 모르고 재미 있게 일하거든.

생각을 바꾸면 세상이 바뀐다는 신념으로 호떡 장사도 기업이요, 경영이요. 열심히 일하여 사회에도 봉사하고 타의 모범이 되는 부부가 되어 봅시다.

여보, 늦었다고 생각할 때가 제일 빠르다는 속담처럼 지금부터 열심히 살면 되는거요. 어차피 인생은 미완성이 아니던가요. 모든 사람들은 완성을 이루기 위해 부단히 노력을 하는 것이라오.

끝으로 지난 날들을 묻어두고 현재와 미래를 위하여 열심히 살아갈

터이니 우리 같이 힘냅시다.

당신을 존경하는 신랑 김민영 씀

2003년 2월 25일 03시 35분

검사님, 당신이나 잘 해

주식이 남긴 여러 가지 문제는 쉽게 끝나지 않았다. 단지 돈을 잃은 것만으로 그렇게 정리되었다면 다행스러운 일이었겠지만 주식에 손을 댄 죄 값(?)을 나는 몸서리쳐질 만큼 지겹게 치뤄야 했다. 올해에도 돈 100만원을 국가에 벌금으로 내야하는 일이 있었다. 울며 겨자먹기 식으로 결국에는 생돈을 물어내긴 했지만 아무리 생각해도 억울하기만 하고 화가 치밀어 오르는 일이다. 더욱이 그때 사건을 담당했던 검사를 생각하면 더욱 그렇다.

주식으로 모든 것을 잃고 서울로 올라 올 무렵이던 2년 전부터 법원에서 연락이 오기 시작했다. 법원에 출두해달라는 것이었다. 직장동료가 자신의 옆집 사람인 S씨가 모 회사 장외주식을 사달라는 부탁을 받고 나에게 요청해 내가 그것을 대신해 준 것이 문제의 불씨가 됐다. 내가 거래하던 장외주식의 가격이 높아지자 주변에서 그것을 사달라는 이들이 적지 않았다. S씨도 그 중 한 사람이었다.

나로서는 큰 득이 없는 일임에도 불구하고 동료의 부탁을 거절할
수 없어 500만원 어치를 대신 사주었다. 나 역시도 몰랐기에 결국
망하고 말았지만 그때는 이미 막차 탄 주식이었던 것이다. 구입해
주고 얼마 가지 않아 그 주식은 폭락했고 나를 포함해 S씨 그리고
다른 이들도 돈을 한순간에 날리는 꼴이 되어 버렸다.

그 누구도 어쩔 수 없는 일이었다. 또 이같은 일은 주식시장에서
비일비재한 일이었다. 굳이 문제의 원인을 찾아낸다면 기업측과 나
사이에서 중간거래를 담당했던 사채꾼의 도덕성 내지는 신뢰성이
었다. 장외주식은 일반인이 쉽게 접근할 수 없기에 중간에 사채꾼
들이 개입이 되는데 당시 실질적인 거래의 중개역할을 했던 모씨가
위험한 장난을 친 것이었다.

그러나 문제가 발생했을 때 이미 그는 종적을 감추고 난 뒤였다.
S씨는 동료, 나 그리고 사채꾼, 이 세 사람을 상대로 법원에 소송을
낸 것이다.

처음에 연락을 받고 검찰에 갔다. 모든 것을 사실 그대로 털어 놓
자 법원에서는 책임이 사채꾼에게 있다는 쪽으로 결론을 지었다.
무혐의 처리로 끝난 것이다. 하지만 고소인은 항소를 했고 그 결과
그를 붙잡지 못하자 2차에서는 죄 값을 나에게로 돌리기 시작했다.
사채꾼을 잡아오면 문제는 해결된다는 것이었다. 참으로 한심한 일

이 아닐 수 없었다.

　내가 주식을 사주겠다고 먼저 나서서 일을 저지른 것도 아닌데다 중간에서 내가 돈을 챙긴 것도 아닌데. 게다가 검사는 자신들도 사채꾼에게 책임이 있음을 시인해 놓고서 이제 와서 나에게 사람을 찾아오라는 것은 도무지 이해가 되지 않는 일이었다. 이 뿐만이 아니었다. 이미 한번 가서 진술을 했는데도 불구하고 수시로 연락을 취해 '도망간 사람을 붙잡아 오라', '법원에 출두해 달라', '벌금을 내라' 등등 나를 괴롭혀왔다.

　참으로 이해가 안되는 일이었다. 생각하면 할수록 앞뒤가 맞지 않았다. 대체 대한민국 검찰이 잡지 못한 범인을 나 같은 호떡 장사에게 잡아오라니 이게 말이 되는 얘기인가. 주식으로 재산 탕진하고 빈손으로 호떡 팔아 다시 살아보려는 나에게 법원은 아주 지독한 적일 수밖에 없었다.

　법원이나 검사에 대해 내가 불신감을 갖게 된 것은 이 일만이 아니다.

　단적인 예로 검사가 출두명령을 내려 OOO 검사실에서 이런저런 진술을 할 때였다. 검사실 사무관이라는 사람은 담배를 피워 대면서 마치 나를 죄인 다루듯 추궁했다. 이때도 나는 화가 너무 나서 가만히 있을 수가 없었다.

"당신부터 잘해. 지금 조서 꾸미면서 담배 피워대는 거 잘하는 거야. 나도 담배 피우며 말할까."

이런 나의 뼈 있는 말에는 검사측도 아무말 하지 못했다.

나는 결국 시달리다 못해 올 들어 벌금 100만원을 냈다. 나는 열이 올라 더 이상 참을 수가 없었다. 홧김에 전화를 걸어 "나 김민영이오. 당신들이 무슨 검사야."라고 소리를 치기까지 했다. 내가 이렇게 화가 나기까지는 법원과 검사측의 태도 때문이었다.

내일부터 6만원 줄 테니 꼭 와요

　　　　　　　　　　직장을 그만둔 지 일주일 정도
가 흘렀다. 가족들 빼고는 모든 것을 잃은 셈이니 무기력함 속에서
아무런 생각도 없이 담배 연기에 한숨만 쏟아내면서 그렇게 시간을
보내고 있었다. 방 구석에 누워 하루 종일 천장만 쳐다보며 실의에
젖어 있는 것은 나란 사람과는 그다지 어울리지 않는 일이었다. 늘
새로운 것을 찾고 사람들과 어울려 웃고 떠들고 해야만 하는 발 넓
은 나였으니까.

　하지만 현실은 현실이었다. 5월 5일 어린이날이 코 앞으로 다가
왔지만 허탈해진 심정과 빈손은 나를 더욱 힘들게 했다. 휴일에는
아이들과 함께 낚시를 즐겼고 어린이날은 단 한번도 거르지 않고
온 가족이 즐겁게 보냈는데 그해 어린이날 만큼은 그럴만한 형편이
못됐다. 늦둥이로 본 다섯 살된 소영이에게는 너무도 미안했지만
어쩔 도리가 없었다.

　17년간 다니던 직장과 12억원의 돈이 한순간에 날리고 무슨 속이

남아서 놀이공원으로 가족 나들이 가겠는가?

하지만 그때 단 한 가지 내 머리를 스쳐가는 것이 있었다.

'언제까지 무위도식하면서 이렇게 과거에 연연해야 하는 것일까?'

이런 날들이 지속된다면 더 큰 것을 잃을 지도 모른다는 생각이 들었다. 바로 가족과 건강이었다. 많은 것을 잃었지만 내 가정까지 잃을 수는 없다는 생각을 한 순간 나는 비로소 나 자신을 추스릴 수 있었다.

5월 5일 아침 아이들이 잠든 새벽 낚시도구를 꺼내들고 밖으로 나왔다. 그러나 내가 찾아간 곳은 낚시터가 아니라 인력사무실이었다. 그때만 해도 승용차는 처분되기 전이었으니 인력사무소 사람은 낚시 복장에 승용차를 몰고 나타난 나를 보고는 "노동일 아무나 하는 것 아닙니다."라며 고개를 흔들었다. 어떤 일이든지 좋으니 시켜만 달라고 사정을 하자 사람이 아쉬웠는지 끝내는 소원을 들어주었다.

생전 처음으로 공사장에서 질통을 지는 날이었다. 벽돌과 자재를 나르고 청소를 하라면 청소를 하고 무엇이든 시키는 대로 했다. 열 살은 족히 어려 보이는 30초반의 미장이는 예의는 국 끓여 먹었는지 아예 처음부터 끝까지 반말투였다.

"아저씨 빨리 빨리 해."

"밑에 가서 저거 가져오고."

한 성질하는 성격이었지만 내가 사정해서 하게 된 일이니 어쩌겠는가. 땡볕에서 아무 말 없이 구슬땀을 흘리며 일을 했다. 그러면서 많은 생각을 하게 됐다.

50이 한참 넘은 사람들과 여자들도 질통을 지고 거친 소리 들어가며 일을 하는데 40대 중반의 내가 왜 못하겠는가? 직장도 없고 돈도 없지만 일할 힘마저 없고 인내력도 없다면 그건 죽은 목숨인 것이니 이것은 나란 사람이 앞으로 어떤 일이든 하면서 살아갈 수 있는가 없는가에 대한 시험대다.

처음 하는 일이었지만 다행히도 체력이 따라 주었고 새로운 일이나 사람들에 붙임성이 좋은 천성 탓에 크게 힘들지 않았다.

그날 일을 끝내고 집으로 가자 아내는 뭔가 느낌이 이상했는지 고기잡은 것 어디 있느냐며 의심을 했다. 몇 마리 못 잡아서 다른 사람 주고 왔다고 둘러대고 모처럼만에 달콤하게 잠을 잘 수 있었다.

이튿날 역시 낚시를 가는 것처럼 집을 나와서 공사장으로 갔다. 매사에 적극적인 성격 때문일까? 오히려 해볼만 하다는 자신감이 생겼다. 그리고 소위 '노가다' 라고 하는 막일을 할 수 있으니 스스로 '나 아직 건강하고 나 어떤 일이든지 할 수 있겠구나' 하는 생각과 함께 그 어떤 힘든 일은 못하겠냐는 용기가 생겼다. 또 재미있는 일이 일어났다. 내가 그래도 일을 잘했는지 인력사무소 사람은 인건비를 계산해 주면서 이렇게 말했다.

"보기 보다는 일을 잘 하시네요. 내일부터는 6만원씩 줄 테니 꼭 와요."

처음에는 걱정을 하더니 이틀 만에 거꾸로 부탁을 하는 게 아닌가. 거기다 웃돈까지 제시하면서. 참으로 듣기 좋은 말이었고 힘이 되는 말이었다.

이틀간 일해서 번 돈 9만원을 받아 집으로 돌아오는 길에 쌀가게에서 40kg짜리 쌀 한 자루를 샀다. 그것을 등에 매고 집으로 향하는 내 발걸음은 날아갈 듯 가벼웠다. 수개월 동안 희망과 새로운 각오란 전혀 없이 지내온 나로서는 신이 나는 일이었던 것이다. 내가 내 가족을 위해서 뭔가를 할 수 있었다는 뿌듯함 그리고 나는 어떤 힘든 일이든 해낼 수 있다는 자신감 때문이었다. 새로운 희망이 등에 맨 쌀자루 속에서 피어나는 순간이었다.

집에 들어서자 아내의 눈이 휘둥그래졌다. 낚시하러 간 사람이 갑자기 쌀자루를 지고 집에 들어오니 놀랄 수밖에.

그날 밤 아내는 눈물을 흘렸다. 평소 말수 적고 감정 표현도 잘

하지 않는 사람이었지만 다시 용기를 내어 살아보겠다는 모습을 보여 준 나의 행동에 감동을 했는지 이런 말을 했다.

"당신, 그런 일 안해도 돼요. 우리 당장 안굶어 죽으니 그렇게 힘든 일은 하지 마세요. 내가 있잖아요. 우리 둘이 아직 젊으니 함께 열심히 살면 또 좋은 날 올 거예요."

나 건강하게 일할 수 있으니 아내에게 힘들어 하지 말라는 뜻에서 한 일인데 오히려 아내는 나를 위로해 주었다. 좌절과 고통스런 긴 터널로부터의 나의 새 출발은 그렇게 시작됐고 우리는 같은 달 29일 모든 것을 정리하고 오랫동안 정 붙이고 살았던 익산을 등지고 서울 청파동으로 이사를 왔다.

그때 정말로 소중한 삶의 자세를 나는 느낄 수 있었다.

"노동일 20일 하면 돈 백만원은 손에 쥘 수 있다. 이 돈이면 어디 가서 좌판을 벌여도 되고 아껴 쓰면 한 가족의 두 달 생활비도 될 수 있다. 왜 가장들이 가족 내팽겨치고 거리에 나와 홈리스로 사는가. 나로서는 이해가 되지 않는다. 20일 동안 고생할 각오가 없는 사람이라면 그 사람의 인생은 절망이다."

지금 누군가 일자리 잃고 먹을 것이 없는 상황이라면 당장 공사 현장으로 뛰어가야 한다. 스스로 찾지 않으면 저절로 다가오는 것은 단 한 가지 캄캄한 미래 뿐이니까.

3부

1평짜리
호떡가게

에피소드 천국

수많은 고객들을 만나다 보니 별난 손님들도 자주 보게 된다. 상상력이 그야말로 너무 뛰어나 나를 깜짝 놀라게 하는 일도 있고 나를 놀려주려고 한마디 했다가 오히려 박격포로 돌려 받는 이들도 있다. 만일 이런 재미있는 고객들이 없다면 호떡 장사하는 재미가 덜할 것이다. 가슴 찡하게 들려주는 인생사는 진국 같은 이야기들도 가슴에 남지만 어느 날 생각도 못했던 상황을 맞이해야 했던 에피소드들은 정말이지 잊을 수 없을 것 같다.

해가 기울어져 가는 어느 날 오후 늦은 시간이었다. 대학생쯤으로 보이는 한 젊은이가 왔는데 그가 하는 말이 참 어처구니가 없었다.

"아저씨, 호떡 3천원짜리로 만들어 주실래요."

내 귀를 의심했다. 3천원어치 달라는 말을 잘 못한 것은 아닐까? 조금은 당황스러워 젊은이에게 다시 물었다.

"손님 3천원어치 그러니까 여섯 개 달라는 거지요."라고 했더니 젊은이는 미안해하는 듯한 표정을 지으면서 고개를 저었다. 그리고 하는 말이.

"호떡 하나를 3천원 분량의 크기로 만들어 달라구요."

단순히 좀더 크게 만들어 달라고 애교를 부리는 여성들은 보았어도 호떡을 피자처럼 크게 만들어 달라는 고객은 처음이었다. 단 한 번도 그런 호떡을 만들어 본 적이 없던 나로서는 갈등이 생겼지만 그가 친구들과의 모임에 가는데 뭔가 이색적인 만남을 가져보기 위해 생각한 아이디어라고 설명을 하며 부탁을 해오니 어쩔 수 없는 일이었다. 결국 그날 호떡을 아주 크게 하나로 만들어 주었다. 잘 만들어질까 한편으로 걱정이 되기도 했지만 처음 시도 치고는 매우 성공적이었다.

지금 생각해보면 그 학생의 감성지수인 EQ는 매우 높지 않을까 싶다. 남들이 생각지 못한 것을 그 학생은 현실로 옮겼고 그 결과에 만족해 했기 때문이다. 호떡도 피자처럼 만들 수 있다는 생각을 갖는 것은 고정관념으로부터의 탈피이자 신선한 아이디어일 수가 있다.

또 어떤 날은 단골과 둘이서 배꼽을 잡고 웃었던 기억이 있다.

하루는 평소 자주 오는 단골이 찾아왔다. 이 아주머니는 몸이 조

금 뚱뚱한 편이었다. 그런데 오자마자 대뜸 한다는 말이,

"제 히프처럼 크게 만들어 주세요."

아무리 단골이라지만 자기 히프처럼 만들어 달라고 하니 은근히 짜증이 났다. 왕호떡은 딴 가게에 비해 큰 편인데 어떻게 이보다 더 크게 만들어 달라는 건가. 호떡 크게 만들어 팔면 결국 손해보는 것은 나인데. 얼마나 남는 호떡이라고 고객들은 저렇게 자기들 생각만 할까. 이런 생각을 하다가 순간 번뜩이며 떠오른 생각이 있었다. 나는 무표정하게 말했다.

"그러면 손님 바지를 내리셔야지요."

그러자 그 아주머니는 "아저씨는 농담도 잘 하셔. 얼굴색도 안변하시면서 그런 말을 하세요."라고 나를 꾸짖듯이 답했다. 이쯤에서 그만두면 나만 속없는 사람이 될 일이었다. 그래서 다시 말했다.

"아니, 아주머니 히프처럼 만들어 달라면서요. 히프 사이즈를 알아보려면 옷을 벗으셔야지요. 왜 제가 말을 잘못했나요."

그제서야 이 아주머니 나의 말이 제대로 맞아떨어진 죠크인 것을 감지하면서 깔깔깔 웃어대는 게 아닌가. 나 역시 그 손님이 얼굴이 빨개지면서 웃어대는 모습을 보고 덩달아 한참 동안을 웃었다. 어떻게 그렇게 큰 호떡을 만들어 주냐며 불쾌하게 답했다면 고객이 불편한 마음으로 갔을지도 모를 일이다. 고객들의 말은 웬만하면

우스갯소리로 넘기거나 함께 맞장구를 쳐서 분위기를 좋게 띄우는 것 또한 내가 해야 할 일인 것이다.

내가 잊지 못할 기억 중에서도 인천에서 우리 가게를 찾아온 한 아주머니는 정말이지 잊을 수가 없다. 왕호떡 맛을 보기 위해 인천에서 오셨다는 이 아주머니는 호떡을 하나 드시더니, "아이구 우리 아들 말이 맞네."라고 하는 게 아닌가.

나는 영문을 몰라 손님의 얼굴을 쳐다볼 뿐이었다. 그러자 아주머니 하시는 말씀이 나에게는 큰 힘이 되었다. 아주머니의 말은 이랬다.

"며칠 전에 우리 아들이 퇴근해 집에 와서는 얘기를 합디다. 오늘 아주 기막히게 맛있는 호떡을 먹었다는 겁니다. 그래서 어디냐고 물어봤더니 남영동 전철역 근처 신호등 앞에 있는 왕호떡집이라 하대요. 그래 도대체 얼마나 맛이 있길래 혼자 먹고 와서 그렇게 자랑을 하냐구 했지요. 우리 아들 하는 말이 아침부터 퇴근 할 때까지 이상하게도 일이 안풀려 스트레스만 받았다는 겁니다. 그런데 퇴근하다가 여기서 호떡을 하나 사 먹었는데 그 호떡을 먹고 나자 하루 종일 자기를 괴롭혔던 스트레스가 싹 가시더랍니다. 그러면서 나한테도 한번 가서 맛을 보면 놀랄거라구 하더군요. 그래서 왔는데 정말 맛있네요."

그냥 쉽게 생각하면 오백원짜리 호떡일 뿐이다. 하지만 이 호떡을 먹고 기분이 좋아지는 고객이 있다면 이것은 몇 십만원 가치가 있는 호떡이 아니겠는가?

그래서 또 한번은 고객이 이런 말을 하길래 통쾌하게 답을 준 적이 있다. 한 여성고객 하는 말이,

"어머, 이 집 호떡은 다른 데에 비해 비싼 것 같아요. 왜 그렇지요."라고 하는 거 였다. 가만히 있을 내가 아니었다. 얼굴에 미소를 띄우고 큰 소리로 나는 이렇게 말해 주었다.

"브랜드 호떡이잖아요. '왕호떡'."

옷도 브랜드가 있는 것은 비싼 것처럼 호떡도 마찬가지 아니냐며 부연 설명을 하자 그 여성고객은 웃으면서 "그 말도 일리가 있네요. 맛도 좋으니까."라며 몇 개를 더 구워달라고 해서 싸가지고 갔다.

고객들과의 이런저런 에피소드들은 나를 즐겁게 해주고 호떡 굽는 일이 늘 신선한 작업이 되게 해주는 원동력이 된다. 우리 호떡가게가 한바탕 소리내어 웃어 재칠 수 있는 일터, 그래서 더욱더 정감이 묻어나는 일터가 되고 있는 것은 고객들의 성원이 큰 몫을 한다는 것에 대해 '왕호떡'을 찾아 주시는 모든 고객분들게 이 지면을 빌어 감사함을 전하고 싶다.

나비 넥타이와 중절모

현대 사회는 이미지와 메이크업 시대다. 소비자들은 어떤 기업의 제품의 특성보다는 그 기업의 로고나 브랜드명을 보고 제품을 선택한다. 물론 소비자들이 양질의 상품을 원하는 것은 사실이지만 기업의 대외적인 이미지와 신뢰도 브랜드 네임은 소비자들의 관심과 구매 충동을 불러 일으킨다.

'왕호떡' 의 이미지는 무엇일까?

왕호떡을 찾는 고객의 99%는 나비 넥타이라고 말한다. 그도 그럴 것이 1년 365일 언제든지 나의 목에는 나비 넥타이가 있으니까.

내가 처음으로 나비 넥타이를 맨 것은 남들의 생각보다 좀 빠른 편. 이미 80년대 초인 호텔 프론트 근무시절 정장에 나비 넥타이를 했다. 그 후 한국통신에 입사하면서 어언 20여 년간 나비 넥타이는 나와는 별개의 것이었다.

처음 나비 넥타이를 착용할 때는 직장에서의 규정이었지만 다시 그것을 착용하게 된 것은 순전히 자의에서였다. 그것도 마케팅을 위해 철저히 계산된 전략에서였다. 서울로 올라와 호떡 장사를 하기 전 두어 달간 퀵서비스 일을 했다. 그때 불특정 다수의 고객을 향해 나란 사람을 빨리 알리기 위해서는 무엇인가를 보여 주는 것이 필요하다고 생각됐다. 다른 사람과는 뭔가 다른 모습을 보여 주고 그 이미지를 고객신뢰와 마케팅으로 이루어지게 하겠다는 생각이었다.

퀵서비스 일은 짧은 기간이었기에 나비 넥타이가 빛을 보지 못했다. 하지만 호떡 장사를 하면서는 그대로 맞아떨어졌다. 깔끔한 와이셔츠에 매일같이 달라지는 나비 넥타이를 한 호떡집 주인에게 사람들은 관심을 갖기 시작했다. 사람들은 길을 가다 일단 눈에 띄니까 한번 더 쳐다보게 되고 그 때문에 호떡을 사먹으면서 대화의 문을 열게 되곤 한다. 호기심을 갖고 나비 넥타이에 대해 질문하는 고객들 대다수가 단골이 된다. 비록 500원짜리 호떡을 팔고 있지만 보다 깔끔하고 개성 있는 복장을 하는 것도 대고객 서비스의 하나라는 내 말을 들으면 고개를 끄덕이며 공감을 한다.

방송 출연 이후로 나비 넥타이의 가치는 훨씬 커졌다. 전철이나 버스를 타면 10대 소녀들이, '어, 나비 넥타이 아저씨다' 하면서 우르르 달려와 사인을 부탁하기도 하고 식당에 들어가면 종업원들은 오래 전부터 만났던 사람처럼 밝은 미소와 함께 'TV에서 보았습니다'라며 먼저 말을 꺼낸다.

무엇이든 남과 차별화되려
면 나름대로 노력을 해야 한
다. 국내의 경우 나비 넥타이
를 착용하는 사람은 음악인
이나 대형 업소 접객서비스
맨이 고작이다. 이는 그 만큼
나비 넥타이를 구하는 일도
쉽지 않다는 것이다. 이 때문
에 나비 넥타이를 구하기 위
해 처음에는 남대문 시장을
뒤지고 다녔다. 다리품을 판
덕에 구할 수는 있었지만 가

△ 나비 넥타이와 중절모는 호떡집의 캐릭터이다

격은 만만치 않았다. 개당 6천원씩이었으니 단돈 천원이 아쉬운 나
로서는 갈등이 생기는 일이었다. 어차피 마음 먹고 찾아나선 일이
므로 3개를 사서 돌아왔다. 호떡을 팔면서는 매일같이 다른 와이셔
츠에 색상 또한 맞추어야 했으므로 더 많은 넥타이가 필요했다. 아
는 친구로부터 동대문에 가면 보다 저렴하게 구입할 수 있다는 정
보를 얻어 그 후로는 그곳에서 종종 구입한다. 가격도 절반인 3천

원이어서 역시 사람은 정보에 빨라야 한다는 것을 느꼈다.

이렇게 해서 하나 둘씩 모은 나비 넥타이가 지금은 정확히 44개. 하루 하나씩 돌려가며 한 달 동안을 착용해도 남을 만큼 많아졌다.

사람의 일이란 무엇이든지 처음이 어렵지 그 다음은 어렵다는 생각을 갖지 않게 되는 것 같다. 2년 전 나비 넥타이를 하고 호떡을 굽고 길거리를 오갈 때는 나 자신도 얼굴이 화끈거릴 정도로 남의 눈을 의식했다. 어쩌다 대중교통을 이용할 때면 모든 사람들이 나만 쳐다보는 것 같아 몇 정거장 남았는가 속으로 세면서 초조해 할 만큼 부끄러움도 있었다. 그런데 지금은 오히려 나비 넥타이를 하지 않으면 무언가 잃어버린 것 같기도 하고 나 김민영이 아닌 다른 사람이 되는 것 같아서 집에 있는 시간 빼고는 어딜 가든 나비 넥타이를 착용하게 된다.

가끔씩은 중절모도 쓰고 일을 한다. 정장 차림에 중절모까지 쓰면 나름대로 멋이 있기 때문이다. 고객들도 그 모습을 좋아한다. 하지만 문제는 한여름에 중절모 쓰고 와이셔츠에 넥타이 매고 한 평도 안되는 공간에서 호떡을 굽는 건 인내의 한계를 느끼게 하는 일이라서 중절모는 가끔씩 쓴다.

노점상을 하든 보험설계를 하든 대형 식당을 하든 누구든지 자신만이 갖는 독특한 외적 이미지 창출은 도움이 되면 되었지 손해를 보게 하는 일은 아니라고 본다.

"누군가 너의 캐릭터는?" 하고 물었다면 그건 이미 캐릭터가 없다는 얘기가 된다. 이미 눈에 띄었다면 그런 질문을 하지 않았을 일이니까.

호떡보다 더 맛있는 고객들의 사연

호떡 장사를 하면서 가장 먼저 느끼게 된 것 중 하나는 다름 아닌 세상 사는 얘기는 사람들 숫자만큼이나 제 각각이고 많다는 것이다.

길거리에서 장사를 하니 대여섯 살 꼬마부터 80대 노인에 이르기까지, 거지에서 대학교수님까지 정말이지 너무도 많고 다양한 사람들을 만나게 된다. 점포가 남영동에 있는 터라 이태원의 미군들이나 외국인들도 적지 않게 찾아온다. 그러니 그 많은 사람들과 주고 받는 이야기가 하루에도 책 한 권 분량은 족히 되고도 남을 만큼 사람들의 입에서 쏟아져 나온다. 특별히 우리 '왕호떡'에서 온갖 세상사들이 얘기로 술술 풀어나오는 데는 그만한 이유가 있다.

분식집에서 라면 한 그릇 먹으면서 종업원을 앉혀 놓고 사는 게 괴롭고 힘들다고 말하면 미친 사람 취급받는 것은 당연한 일이고 당장 쫓겨나지 않는 것이 다행스러운 일일 것이다. 바쁘게 살아가는 시대이다 보니 가족간에도 할 말 다 못하고 사는데 어디에 가서 이런저런 사는 얘기를 털어 놓을 수 있겠는가. 행여 체면 때문에라도 주변 사람들에게는 말 못할 사연들이 있고 말하지 않으면 가슴 터질 듯 답답한 사연을 가진 사람들도 한둘이 아닐 것이다.

온갖 사연을 갖고 사는 많은 사람들. 그들은 '왕호떡' 에서 만큼은 속사연을 하나 둘씩 털어 놓고 간다. 호떡 먹으면서 '장사 잘 되느냐' 는 질문으로 대화의 문이 열리다 보면 자연스럽게 대화는 세상사는 얘기로 이어져 끝내는 자신들의 이야기를 하게 된다. 옆에서 귀담아 듣는 이 없고 정면 외에는 삼면이 막혔으니 오로지 자기 얼굴을 향해 미소짓는 호떡집 주인이 마냥 편해지는 것이다.

바람난 남편 때문에 고민하는 중년 부인, 탈선해서 가출한 딸 때문에 허구한 날 이리저리 찾아 헤메는 40대 초반의 아버지, 재수 삼수를 했는데도 대학에 못 들어가 결국에는 호프집에서 서빙한다는 청년, 유부남인 직장 상사가 불편할 만큼 추근거려 직장생활이 지옥 같다는 오피스 걸, 자신은 돈 벌어다 마누라 자식들에게 바치는 머슴에 불과하다고 하소연하는 직장인, 만나달라는 남자들이 한둘이 아닌데 뭐하러 한 사람에게 목 매이게 결혼을 하느냐며 독신 운운하는 플레이 걸, 비아그라 먹었더니 그날 밤 마누라가 애들 방으로 도망가 나오질 않더라며 정력 자랑하는 허풍스런 중년 남성, 많이 배워 잘난 며느리의 구박 때문에 함께 사는 게 교도소 같아 차라리 양로원에 들어가고 싶다는 칠순의 할머니 등등.

깊은 사연을 말하는 사람들에게는 박자를 맞춰 주는 상대의 역할이 중요하다. 사람 좋아하고 말 잘하는 내가 가만히 있을 리가 없다.

"아이고 세상에 그런 일이 다 있습니까."

"그건 남편께서 너무 하시는 거네요."

"사는 게 다 그렇습니다. 지나간 일로 묻어 버리세요."

"그런 사람들은 정신 좀 차리게 해야 하는데."

이렇게 한마디씩 거들면 말하던 손님은 자기 얘기 속에 더 빠져들어간다. 다른 손님들이 서너 명은 몰려와 호떡을 굽느라 내 손이 정신이 없어지면 그제서야 손님들의 하소연은 어쩔 수 없이 끝나고 만다.

한바탕 얘기를 하고 손님이 떠나면 나는 혼자서 세상 참 별의별 일이 다 있고 사람도 천차만별이라는 생각을 한다. 그러면서도 즐거운 것은 여러 사람들로부터 다양한 얘기를 듣는 것은 내가 알지 못하는 또 경험하지 못했던 세상 일들을 공짜로 알게 된다는 것이다. 기업을 운영했다면 과연 이처럼 푸짐한 인생 이야기들을 어떻게 들을 수 있겠는가. 이 때문에 우리 호떡 가게에는 그 흔한 소형 텔레비전이 필요가 없다. 장사하는 내내 손님들이 자신들의 사연을 생방송으로 들려 주니까. 이것이야말로 길거리 호떡 장사만이 얻을 수 있는 아주 특별한 선물이 아닌가 하는 생각을 갖기도 한다.

그런가 하면 손님들의 얘기를 들을 때마다 가슴아픈 사연을 들으면 함께 우울하고 슬퍼지고 좋은 얘기를 들으면 나 또한 덩달아 신이 난다. 정치나 사회에 대한 불만을 퍼부을 때는 내가 더 화가 나서 나 자신도 모르게 목소리가 커지기도 한다. 눈물겨운 인생을 살았으면서도 내일을 기대하며 열심히 살아가는 이들의 얘기를 들으면 나 자신도 더욱 열심히 살아야겠다는 생각을 갖게 되고 나이 젊은 사람의 얘기라 할지라도 내가 모르고 있던 새로운 지식을 얻게 될 때는 진심으로 좋은 얘기 들었다는 감사의 뜻을 표할 때도 있다.

한 평도 안 되는 작은 공간이지만 이처럼 나의 일터는 울고 웃는 수많은 사람들의 사연 속에서 사람들의 인생사를 펼쳐 보이는 인생의 장터가 된다. 한 가지 아주 특별한 사실이 있다면 그 많은 얘기들을 듣고서도 누구에게 전하거나 흉볼 일이 없어 좋다는 것이다. 손님도 마찬가지다. 속 시원히 말하고서 아무 일도 없었던 것처럼 부담없이 그저 떠나면 그만이다. 길거리 호떡집에서 한 말들은 주인 외에는 들은 사람도 없고 그 말이 녹음되는 일도 없으니까. 주인 또한 손님이 한둘이 아니다 보니 시간이 지나면 무슨 얘길 들었는지 기억조차 희미해지니까.

좋은 고객 님 나쁜 고객 놈

1년 365일 한 자리에서 장사를 하다 보니 만나는 사람도 각양각색이다. 힘들고 지쳐서 그만 팔고 집으로 돌아가고 싶을 때 고객이 던지고 간 인사 한마디에 힘이 생겨 시간 가는 줄 모르고 장사를 하는 적도 있지만 때로는 괘씸하다 못해 따귀라도 갈기어 주고 싶은 고객분 아닌 고객놈(?)도 있다.

누군가 그런 말을 한 기억이 난다. 장사를 하려면 간과 쓸개까지 다 내놓을 생각하라고. 그만큼 장사란 쉽지 않다는 것이다. 직업도 나이도 고향도 제 각각인 사람들과 부딪히려면 여간 속이 좋지 않고서는 허구한 날 말다툼을 하거나 기분이 상해 장사 때려 치고 싶다는 생각을 하기 십상이다.

고객들을 굳이 구분한다면 크게 네 분류로 나눌 수가 있다. 가장 먼저 얄미운 고객들이 있다. 둘이서 같이 와서는 한쪽은 먹겠다는데 기어이 못 먹게 해서 데려가는 사람.

처음 보는 손님에게 말을 걸어 명함을 건네 주면서 자기 조직에 끌어들이기 위해 말을 늘어 놓으면서 다른 손님도 못 받게 하는 다단계 조직원 같은 사람.

호떡 주문해서 포장해 놓으면 지갑을 깜박 잊고 안 가져 왔다고 하면서 외상하는 사람.

이런 사람들은 적잖게 얄밉다. 직접적인 피해는 주지 않았지만 자주 오면 올수록 영업방해만 되는 사람들이다.

얄미운 것은 그나마 봐줄 수 있다. 속에서 화가 치밀어 오르게 하는 못되 먹은 사람들이 있다. 왕호떡 사장 김민영의 이미지 관리를 위해 참아 넘기곤 하지만 싫은 소리 한마디 내뱉고 싶을 때가 많다.

얼굴도 모르는 사람이 대뜸 와서 호떡 하나 먹으면서 돈 빌려간 사람이 돈을 갚지 않아 답답하다고 하소연한다. 그러고서는 2~3만원 빌려간 뒤 나타나지 않을 경우 '그게 어떻게 해서 번 돈인데 그걸 떼어 쳐먹냐, 이 망할 자식아.' 라는 말이 입에서 맴돈다.

나이가 동갑 내지는 한두 살 더 어려 보이는 사람들이 반말을 할 때나 점포 앞을 지나면서 침을 뱉고 갈 때 그야말로 뚜껑(?)이 열린다. 또 있다. 호떡은 먹는 음식이 아닌가? 그런데도 불구하고 이것저것 만지다가 그냥 가는 사람들은 찾아가서 한 주먹 날리고 싶을 정도다. 옷이나 포장된 과자 봉지도 아닌 호떡을 손으로 주무르다 그냥 가면 그걸 누구에게 판다는 말인가?

말이 좋아 장사지 속이 부글부글 끓어오를 때가 한두 번이 아니다. 싫은 고객, 나쁜 고객, 미운 고객이 있는가 하면 고맙고 정겨운 고객들도 많다. 단골은 아니지만 계산을 치르고 가면서,

"많이 파십시오."라거나 "수고 하십시오."라는 말을 남기는 손님들이다. 돈 안들어 가는 말이지만 나에게는 호떡 열 개 팔아 준 것보다도 더 힘이 되고 소중한 말이다.

이런 저런 고객들 속에 참으로 난감한 고객들도 있다. 미워할 수도 그렇다고 좋아할 수도 없는 사람들. 이를테면 은근히 작업(?)을 들어오는 손님들이다.

언제가 한번은 50대 초반의 아주머니가 호떡을 먹으면서 유심히 날 쳐다보더니 3일을 두고 매일같이 비슷한 시간대에 찾아와 호떡을 먹고 갔다. 세 번째 되던 날, 그 아주머니는 노골적으로 말을 건넨다. 다른 사업 해볼 생각은 없는지. 원한다면 뒷돈 대줄 수 있다면서 "인물이 너무 좋으세요. 언제 시간이 있으세요. 차 한잔 하고 싶은데……"라고 하는 게 아닌가?

넉살 좋은 중년 여인의 지나가는 말이라 치부하기에는 그 말투나 눈빛이 예사롭지 않아 나는 아무 말도 못하고 그냥 호떡만 구워댔다.

또 이런 여성고객도 있었다.

처음에 와서는 자신도 호떡 장사를 해보고 싶다며 30대 초반의 아가씨인지 아줌마인지 그런 분이 말을 걸어왔다. 일주일에 한번씩 오기를 3개월 정도 했던 것 같다. 시간이 흐를수록 이 여성은 별의별 소리를 다했다.

"사장님하고 똑같은 사람이 있으면 지금 당장이라도 결혼하고 싶어요."

"술 좋아하시면 장사 끝날 때까지 제가 기다릴 테니 한잔 하실래요."

"몇 번째 부탁인데 너무 그렇게 거부하지 마세요. 저도 알고 보면 돈도 먹고 살 만큼 있고 성격 좋고 몸매 좋고 그래요."

여성 고객들로부터 인기가 좋은 건 기분 나쁜 일이 아니지만 지나친 감정 표현을 해오는 고객들은 무서울 정도다. 늘 나 하나만 믿고 열심히 살아온 아내가 눈을 시퍼렇게 뜨고 있고 세 딸들이 벌써 예비숙녀 티가 날만큼 성장해 있는데 불륜이라니, 말도 안될 소리다.

누군가 행복한 고민한다고 말할 수도 있겠지만 이는 당사자가 되어 보아야 그 괴로움을 안다. 떡 줄 사람 생각도 안 하는데 먼저 김칫국 마시고 입닦을 준비까지 하고 있는 사람들이니 누군들 그녀들을 쉽게 말릴 수 있겠는가?

김정민의 '슬픈 언약식' 부르며 호떡 굽기

                    "아저씨 몇 시예요."

"음, 지금 3시 20분입니다."

"어, 아저씨 어젯밤에 TV에 나오셨대요."

"어떻게 하다 보니까 나왔어요. 오랜만이네요. 감자 하나씩 그냥 먹고 가요."

"아니에요. 아, 근데 아저씨 왜 12억짜리 호떡을 판다고 하셨어요. 그만큼 맛있다는 거지요. 사실 맛은 저희가 인정하지요."

단골 여학생 둘이 지나가다 잠시 눈 맞추며 나눈 대화다. 이런 일은 비일비재하다.

근처에 여중·고와 여대가 있다 보니 10대 소녀들과 20대 젊은 여성들을 자주 만나게 되고 그들과 다양한 얘기를 나눈다. 단골로 오는 학생들이 꽤 많은 편이다.

그러고 보면 길거리에서 장사를 하지만 나는 복 받은 사람인 것 같다. 내 나이 마흔 일곱인데 어디에 가서 일한들 젊은 친구들과 함께 어울려 대화를 나눌 수가 있겠는가. 게다가 단골 여학생들과 오피스 걸들 중에는 나의 팬들이라고 할 만큼 편하고 친근하게 지내는 이들이 여럿 있으니 이거야말로 일할 맛 나는 것 아닌가.

집에서 딸을 셋 키우다 보니 호떡 먹으로 온 여중·고생들을 보면 우리 딸들 같아서 주인 이전에 자상한 아빠처럼 대해 주곤 한다. 또 이런 저런 얘기를 나누면서 얻어지는 것도 많다. 우리 딸애들도 같은 또래들이다 보니 점포에서 만난 학생들의 대화를 들으면서 10대 학생들의 생각이나 유행 등을 쉽게 읽을 수 있기 때문이다.

언젠가 큰딸아이가 가수 팬클럽에 가입하고 싶다고 할 때 선뜻 허락을 한 것도 많은 학생들을 만나면서 신세대 소녀들의 생각을 읽었기에 가능한 일이었다.

조금 거창하게 들릴지 모르지만 우리 팬들과는 재미있는 일들이 많다. 직장에서 우리집 단골인 20대 직장여성 중에는 이런 친구들도 있다. 회사에서 스트레스를 너무 많이 받아 그냥은 퇴근하자니 마음이 꿀꿀해서 호떡이나 먹고 가려고 들렀다는 것이다. 그런데 겨울이다 보니 오뎅국물이 너무 맛이 있어서 떡본 김에 제사 지낸다는 말처럼 편의점에 가서 소주 한 병을 사온다. 단골 아가씨는 나도 한잔 주고 자기도 한잔 마시고 이런 저런 얘기를 하다가 가기도 한다. 노점상 호떡 점포에서 술을 팔 수는 없지만 단골이 주는 선물로 생각하고 한잔 마시는 것 쯤이야 누가 본들 오해를 하거나 나무라겠는가.

그런가 하면 비오는 가을 날, 단골 여학생들 몇이서 우르르 몰려와 호떡을 먹으면서 말 벗이 되어주기도 한다. 그럴 때면 내가 나서야 할 때다. 나의 18번지인 김정민의 '슬픈 언약식'을 멋지게 한 곡 뽑는다.

"나를 네게 주려고— 지금껏 내 삶은—"

이쯤 되면 단골 학생들은 어느새 나의 팬이 되어 박수를 치고 앵콜 곡을 신청하기도 한다. 나이든 어른들이 보면 참 40대 후반 나이에 맞지 않게 주책스럽다고 볼 수도 있겠지만 젊은 단골 친구들과 함께 하는 시간은 나에게 아주 즐겁고 유익한 시간이 된다. 더욱이 이런 작은 일상 속에서 나는 행복을 느끼곤 한다. 때문에 손은 정신없이 호떡을 구우면서 콧노래가 절로 나올 때가 많다.

무슨 일이든 다 그렇겠지만 많은 사람들을 만나 얼굴을 마주해야 하는 장사란 자고로 즐거운 마음으로 해야만 돈도 잘 벌리고 힘들다는 생각도 하지 않게 되는 것 같다.

'웃는 얼굴에 침 뱉을 리 없다'는 말이 바로 고객들과 1 대 1로 만나 판매 서비스를 하는 모든 사람들에게 꼭 필요한 속담이 아닐런지.

제2의 인생을 열어 준 사람들

　　　　　　　　　　　　사람은 첫째 인복이 많아야
좋다고 한다. 살면서 사람 한 명 잘못 만나 인생을 망치는 사람들이
있는가 하면 좋은 사람 만나 팔자 고치는 이들도 있다. 그런가 하면
주변에 좋은 사람들이 많아 어렵고 힘들 때 위기를 잘 모면하는 이
들도 있다. 그래서 사람이 재산이라는 말을 하는 게 아닌가 싶다.

　세상 살면서 남들에게 많이 베풀고 살 수만 있다면 얼마나 좋은
일인가? 나 김민영은 지금까지는 신세만 지며 살아온 것 같다. 하
지만 이제 '왕호떡' 주인으로 당당하게 살고 있으니 앞으로는 작은
힘이나마 나보다 힘들고 어려운 이들을 위해 나누며 살고자 한다.
실패가 있으면 성공도 있다고 하지만 처절하게 실패한 후 다시 일
어서기란 말처럼 쉬운 것은 아니다. 혼자만의 힘으로는 더더욱 힘
들다.

　나 역시 가진 것 없이 무작정 호떡 장사를 시작하면서 초창기 어
려움이 한둘이 아니었다. 노상에서 장사를 하니 "아, 많이 팔기만

하면 되지. 뭐 그렇게 힘든 게 있습니까."라고 말하는 이들도 있을 거다. 그러나 어떤 일이든 당사자의 입장이 되어 보지 않고서는 그런 말 쉽게 하지 못한다.

지금 이렇게 호떡 장사로 이름이라도 알려지기까지 나에게 큰 도움을 주신 세 분이 있다. 그 중 한분이 바로 앞 건물주이신 유택희 사장님이다.

호떡 장사를 하면서 처음에 가장 난감했던 일은 '물'이었다. 음식장사이다 보니 물이 필수로 갖추어져야 할 요건인데 처음 보는 사람들이 선뜻 우리 집 수도 쓰시오 할 사람이 어디 있겠는가. 더욱이 시내 한복판이다 보니 가뜩이나 자기네 점포 관리하기도 복잡하고 정신없는 분들이 대다수라서 수시로 물을 얻어다 쓰는 일은 쉽지 않은 일이었다. 물 때문에 고민을 하고 있는데 유 사장님은 선뜻 자기네 수도를 이용하라고 허락해 주셨다. 인근 건물주 중 어느 한 분도 허락을 하지 않았다면 집에서 물을 운반해 와야 하는 등 물 때문에 가진 고생을 했을 일이다.

우리 가게 바로 맞은편에 있는 액세서리 전문점 '이즈골드'의 고준 사장님과 사모님도 잊을 수 없는 고마운 분들이다. 처음에 장사를 시작했을 때는 호떡이 아닌 오징어, 감자, 오뎅 그런 것들이었다. 매출이 시원치 않았다. 정말이지 그때 상황으로는 밥 굶기 딱 좋을 정도로 장사가 되질 않았으니 갈등도 많았다. 그러던 중 호떡을 해보라고 제안한 분이 바로 고준 사장님이었다. 고 사장님은 과거에 제과점을 운영한 경험이 있던 터라 호떡 만드는 법부터 시작해서 맛을 평가해 주는 역할까지 큰 도움을 주셨다. 이 뿐만이 아니다. 호떡굽느라 점심도 거른 채 일하는 날에는 직접 준비하신 식사도 갖다 주시고 이것저것 힘들 때마다 늘 조언을 해주시곤 했다. 이웃사촌이라는 말을 실감케 하는 그런 좋은 분들이다.

또 한 분은 동양화재의 직원인 이경훈 보험설계사다. 화재보험과 음식물배상보험에 가입하려고 여러 보험회사를 알아보았지만 노상의 가판대 건물 장사이기 때문에 어렵다는 대답뿐이었다. 그러나 이경훈 씨는 직접 가게를 찾아와 이런저런 상황을 체크하고 힘들지만 노력해 보겠다는 답을 주었다. 그리고 얼마 지나지 않아 보험가입 승낙을 해주었다. 이경훈 씨의 도움은 단지 보험 가입하게 한 것으로 끝나지 않았다.

시간이 날 때마다 가게에 들려 용기를 주었다. 여름철 비수기에 대비해 '통감자구이'를 같이 하게 된 것도 이씨의 아이디어였다. 그런가 하면 '왕호떡' 홍보를 위해 필요한 컬러 프린트물까지 직접 만들어다 주곤 할 정도다.

이쯤 되면 나도 인복이 많은 사람임엔 틀림이 없다. 이런 좋은 분

들의 도움이 없었다면 지금의 왕호떡이 존재했을까 싶은 생각을 자
주 갖게 된다. 세상이 갈수록 냉정하고 인정이 메말라 간다고는 하
지만 아직도 우리 주변에는 가슴이 따뜻한 분들이 많을 것이다. 이
책을 통해 다시 한 번 이분들께 감사의 뜻을 전하고 싶다. 또 내가
도움을 받은 만큼 나 역시 누군가에게 도움을 줄 수 있는 사람이 되
려고 한다. 내가 '김민영식 장학회'를 만든 것도 이런 이유에서 일
것이다.

체인 본사로 이어지는 1평짜리 호떡가게

　　　　　　　　　　　호떡 장사를 시작한 후로 지
난해까지만 해도 나는 체인 사업을 하겠다는 생각을 꿈에도 해본
적이 없다. 그저 소박하게 밥 먹고 살면 그만이라고 생각하면서 일
했다. 호떡 맛에 감동한 고객들 중에 어떤 분들은 체인점을 내도 좋
을 것 같다는 귀띔을 하기도 했지만 체인 사업이라는 말을 떠올릴
때 무엇보다도 돈에 욕심을 부리는 것이라는 느낌이 강했다. 게다가
노상의 호떡 점포가 아무리 잘된다 한들 체인 사업까지 벌릴 필요
가 있겠냐 싶어 한동안 잊고 지냈다.

　지난해 초 '삶의 체험 현장'이 방송된 후 나는 매스컴이야말로
참으로 대단한 위력을 가지고 있다는 것을 실감했다. 그 후로 여기
저기서 한두 통씩 전화가 걸려왔다. 방송을 보고 전화하게 되었는
데 체인점을 개설할 생각이 없느냐는 질문이 적지 않았다. 그러나
아직 체인화시키려는 계획이 없고 준비도 되지 않았다고 솔직하게
말하자 직접 찾아오는 이들은 없었다.

그러나 '아침마당'에 출연하고 '제3지대' 방송이 나간 후로 전국 각지에서 전화가 걸려왔다. 체인점에 대한 문의였다. 처음에는 예전처럼 아직은 계획이 없음을 밝혔지만 시간이 지나면서 나는 생각을 바꾸게 되었다. 돈에 욕심을 내려는 건 절대 아니었다.

전화를 통해 들려오는 목소리의 주인공들이 내가 아무것도 할 것이 없어 방황하던 때의 모습을 떠올리게 했다. 호떡 장사로 밥은 먹고 살고 있으니 진실로 생계유지를 위해 체인점을 하겠다는 소망이 간절한 사람들이라면 나는 그들에게 내가 가진 노하우를 나누어 주는 것이 인간적인 일이라는 생각을 하기에 이른 것이다.

내가 체인점을 개설해 줌으로 인해 그들의 가정이 행복해지고 가장이 새로운 용기를 갖고 살 수 있다면 이보다 더 좋은 일이 어디 있겠는가? 생각을 조금만 바꾸니 이렇게 모든 상황은 달라진 것이다.

그 후로 나는 어떻게 체인점을 개설해 줄 것인가를 고민했다. 매스컴을 통해 잘 알려진 '왕호떡'이니 무작위로 체인점을 개설해 주었다가 소비자들의 신뢰도를 잃는 일은 없어야 하기에 여간 고민스러운 것이 아니었다. 결국 나는 몇 가지 철칙을 정했다.

체인점 개설 대상의 첫째 기준은 창업자의 자세로 정했다. 몇 달하다가 집어 치우거나 다른 사람에게 팔아 넘길 사람은 절대 안되거니와 게으르고 청결치 못한 사람 또한 대상에서 제외된다. 두 번째 조건은 내가 직접 개설하겠다는 입지 현장을 방문하여 장사가 될 수 있는 곳인지에 대한 타당성 여부를 결정하는 것이다. 그리고 세 번째는 우리 집에서 정해진 기간 동안 숙식을 같이 하면서 호떡 반죽에서 고객 서비스까지 모든 노하우를 철저하게 전수시킨다는 것이다.

체인점 하나 개설해 주어야 얻어지는 수익은 50만원. 이 돈마저도 나는 50%를 장학회 기금으로 축적시킨다는 기본방침을 세웠다.

누군가 뭐 그리 까다로우냐고 말한다면 나는 그 자리에서 당장 말할 것이다. 따를 수 없다면 하지 않으면 된다고.

내가 큰 돈을 벌기 위해 체인점을 개설해 주는 것도 아니거니와 장사란 그렇게 얼렁뚱땅 대충 시작하는 것이 아니라는 것을 확고하게 인식시켜주어야 한다는 나 나름대로의 고집을 갖고 있기 때문이다. 또한 어떤 체인 사업 본부들처럼 가맹비, 인테리어비 받아 자기 뱃속만 채우고 체인점이야 장사가 되든 말든 모르겠다는 식의 운영은 나에게 통하지 않을 일이니까.

사업을 체인화 시킨다는 것은 말처럼 쉬운 일이 아니다. 간판에서부터 점포 인테리어, 고객 서비스, 재료 확보 등 신경 써야 할 것이 부지기수다. 작은 호떡가게라고 해서 우습게 생각하고 체인점 개설을 하려고 한다면 나에게 큰 코 다칠 것이다.

'왕호떡'은 단순한 호떡이 아니다. 자그마치 12억원짜리 호떡이고 내 새로운 인생을 연출해 주는 생명과도 같은 것이다. 그러기에 더욱더 매사에 완벽성을 기할 수밖에 없는 일이다.

한 달 수입이 얼마냐구요?

　　　　　　　　　　언젠가 한 신문의 보도에서는
왕호떡 김민영 사장의 월수입이 400만원으로 소개되었다. 그걸 보
고는 "이렇게 많이 벌면 당장 부자 되지"라는 생각을 했고 또 한편
으로는 누군가 이것을 사실로 믿고 호떡 장사를 해보겠다고 찾아오
면 큰 일이라는 걱정도 했다. 사실은 그렇지 않기 때문이다. 담당기
자가 뭔가 착오가 있었던 것이다.

　내가 호떡 장사를 시작한 것은 정확히 2001년도 8월이었다.

　사람들은 호떡 장사의 월수입에 대해 꽤나 궁금히 여긴다. 호떡
판매로 밥은 먹고 사는지에 대한 걱정은 아닌 것 같다. 밥은 먹고
사니 장사를 할 것이라는 전제 하에 과연 얼마나 벌까에 대한 상상
을 즐기는 것은 아닐런지.

　솔직하게 밝히면 하루 매출은 평균 15만원 선이다. 잘 되는 날은
20만원 이상인 경우도 있지만 일기변화로 덜 팔리는 날도 있으니
평균을 15만원 선으로 보면 된다. 이럴 경우 월 매출규모는 450만

원 선이며 이 중에서 150만원 정도는 재료비로 나가며 월 전기세가 15만원 선이다. 따라서 한달 순수입은 285만원 선이 된다. 하지만 연 70만원인 세금을 감한다면 실질적인 순수익은 277만원인 셈이다.

적은 돈이라고 할 수는 없지만 그렇다고 아주 큰 돈도 아니다. 아침 8시부터 이런 저런 준비를 하여 10시쯤 나와 장사준비를 하고 저녁 10시까지 온종일 서서 호떡을 구운 것에 대한 대가라고 생각하면 힘들게 얻어지는 수입이라는 계산이 나올 것이다.

이마저도 처음부터 이루어진 것은 아니다. 자리가 잡히기까지는

△ 작은 호떡집에서 오전 10시부터 밤 10시까지 꼬박 일을 한다

3~4개월의 시간이 소요됐다. 그리고 하절기에는 매출이 다소 떨어지는 편이다. 이렇게 사실적이고 구체적으로 수입을 밝히는 데는 행여 체인점을 해보겠다거나 혼자서 호떡 가게를 차려 보겠다는 생각을 갖고 있는 분들이 너무 허황된 생각을 갖지 않기를 바라는 마음에서다.

여하튼 월 277만원의 나의 수입과 아내가 직장생활을 통해 버는 수입으로 우리 다섯 식구가 먹고 생활하는 데는 충분하다. 그 동안은 주식 실패로 청산해야 할 빚이 많았기에 저축할 여유가 없이 버는 대로 빚 갚기에 바빴다. 그 때문에 저축을 하기 시작한 것도 그리 오래 되지 않았다. 아이들 셋이 학교를 다니고 아직 내 집이 없는 입장이고 보면 앞으로 정신없이 벌어야 한다는 생각이 앞선다.

나의 현실이 이렇듯 넉넉한 입장은 아닐지라도 단 한 가지 분명히 밝히건대 나는 돈 벌기에 혈안이 되어 장사하고 싶은 생각은 없다. 돈은 벌어야겠지만 내 마음이 즐거워 열심히 일한다는 생각뿐이다. 내가 하는 일에 즐거움을 갖고 일한다면 최소한 그에 상응하는 기본적인 대가는 올 것이라고 믿는다.

돈을 쫓아가는 삶은 피곤하고 힘들다. 일이 좋아서 일을 추구하다보면 돈은 자연히 따라올 것이라는 게 나의 생각이다.

500원짜리 호떡을 팔아 월 450만원의 매출을 올리려면 매일같이 300백여 개의 호떡을 구워야 하며 그것을 다 팔아야만 한다. 따라서 날마다 언제 300개를 구워 이것들을 다 팔까라는 걱정과 부담을 갖고 일한다면 일 자체가 그야말로 땅 파는 일보다 더 피곤할 테이고 마음 또한 그 부담감으로 인해 편치 않을 것이다.

나는 이런 생각으로 일한다. 500원짜리 호떡을 판다는 생각이 아니라 고객들이 맛있게 먹어 줄 김민영만의 호떡을 만들어 선보인다는 생각으로 호떡을 굽고 고객들을 맞이한다.

그 때문인지 내 입에서는 고객들에게 호떡을 건네 줄 때마다 저절로 이런 말이 나온다.

"우리 호떡 드시면 공부가 훨씬 잘 될 겁니다. 맛있게 드세요."

"왕호떡 드시면 사업이 더 번창하실 겁니다. 부자 되세요."

'끼'는 못 속여

'왕호떡' 덕에 그간 여러 차례 방송에 출연을 했다. 방송국에도 두 차례나 갔고 방송국 촬영팀들이 우리 가게를 찾아와 현장 촬영을 한 것도 네 차례나 있었다. 그런데 방송이 나간 후로 TV로 나를 지켜본 사람들이 하는 말이 한결같다.

"사장님은 떨리지도 않나 봅니다. 연예인들처럼 아주 잘하시던데요."라고 말이다.

사실 나는 방송국 생방송 현장에서도 떨리거나 그런 것은 조금도 없었다. 내가 생각해도 능청스러울 만큼 그때 그때 감정표현과 행동을 자연스럽게 보였던 것 같다. 이런 나를 보면서 아내는 내게 말한다.

"끼는 못 속인다니까요."

'끼' 바로 그 '끼'란 것이 나에게 있기는 있는 것 같다. 오랫동안 함께 살아온 아내가 하는 말은 정확한 것이다. 사람들 앞에서 수줍

△ 나의 모습을 보고 누군가 그랬다.
"보통 사람이라면 못하지요. 나비 넥타이 매고 서
울시내 거리를 활보한다는 것은 아무나 못하는
일입니다. 사장님은 참 대단하셔요."

어하는 것이 전혀 없는 데다
상황에 따라 순간 순간 터져나
오는 말과 행동에 가끔씩은 나
자신도 놀랄 때가 있다. 또 늘
새로운 것에 대한 호기심이 강
하며 잔재주도 많은 편이다.
노래도 남 앞에서 빠지지 않을
정도의 실력은 된다. 이쯤 되
면 분명히 나란 사람에게는
'끼'가 있는 게 분명하다.

예술을 하겠다는 생각이나
연예인이 되겠다는 생각은 없
었지만 나의 끼는 이미 여러
차례에 걸쳐 단편적으로 드러
났던 것 같다.

지금도 잊을 수 없는 추억 하나는 고등학교 2학년 때의 일이다.
'우리들 세계'라는 방송 프로그램이 있었는데 마침 내가 다니던 김
제 농공고에도 그 기회가 찾아왔다. 그때 나는 당시 유행이던 '원
맨 쇼'를 아주 넉살좋게 해냈었다. 지금도 그때 했던 대사들을 해

보라고 하면 입에서 술술 터져나온다.

이 뿐만이 아니다. 나는 고등학교 때 이미 연상의 여인이었던 화학 선생님을 짝사랑했다. 소문이 학교 전체에 퍼져나갔다. 졸업하던 날, 많은 사람들이 모인 자리에서 교장 선생님이 "김민영 학생, 우리 양 선생님 두고 졸업하면 어떻게 하나."라고 우스갯소리를 하셨을 정도다.

군 제대 후에는 서비스직에 종사하고자 학원을 다닌 후 호텔 프론트 데스크로 일했었고 재직시절 한때는 노조활동에 적극 참여하기도 했었다.

매사에 적극적이고 내가 하고 싶은 것은 꼭 해야 하는 강한 성격의 소유자였던 나는 결국 노상의 호떡 장사로 다시 태어났다. 나비 넥타이를 매고 중절모를 쓴 채 고객들 앞에서 호떡만 굽는 것이 아니라 노래도 하고 마술도 보여 주고 있으니 내 끼는 여전히 지속적인 활동기인 게 틀림없다.

이런 나의 모습을 보고 누군가 그랬다.

"보통 사람이라면 못하지요. 나비 넥타이 매고 서울시내 거리를 활보한다는 것은 아무나 못하는 일입니다. 사장님은 참 대단하셔요."

이런 고객의 말을 나는 긍정적으로 받아들인다. 특별한 짓을 한다는 말을 단지 점잖게 표현한 것이라고 생각한다면 손님도 미워지고 나 자신도 쓸쓸해지는 일이다. 나는 남과 다른 나만의 '끼'가 있으니 그 끼를 좀더 효과적으로 보여 주고 있다고 생각한다.

어린시절 대도시에서 태어나 매스컴을 일찍이 접했다면 내가 충무로 영화계로 진출해 안성기 못지 않은 배우가 됐을지도 모를 일이며 하다 못해 밤무대 가수로라도 모습을 드러냈을 가능성은 매우 크다. 그러나 어쩌겠는가. 시골에서 태어나 그 끼를 다 발산하지 못하고 결국에는 왕호떡 스타가 됐으니 이것이 내 인생이려니 하고 열심히 그리고 즐겁게 살아야겠다.

지금 이 세상 그 누구보다도 행복하니까.

"호떡 장사 해보시려구요?"

남영동은 중·고등학교가 여러 개 있는 데다 숙명여대가 있어 10대 학생들과 20대 젊은이들이 이곳 상권의 주고객들이다. 업소도 그들이 즐겨찾는 분식집, 액세서리 가게, 호프집, 주점, 커피숍 등이 주를 이룬다. 그렇다면 '왕 호떡'의 고객도 젊은 층이 전적으로 많을 거라고 미리 짐작할 수도 있다. 그러나 답은 '아니다'이다.

우리 호떡 가게는 젊은 층 고객도 많지만 30~40대 중·장년층도 그에 못지 않게 많은 편이다. 또 여성과 남성의 비율도 어느 한쪽으로 기울지 않을 만큼 비슷한 것이 특징이다. 남영동의 상권 특성에는 빗나가는 통계가 나온다. 그 이유는 2년 넘게 장사를 해온 나 또한 알 수가 없다.

고객층이 다양하다 보니 이삼 일에 한 번 꼴은 이런 질문을 받는다.

"아저씨, 하루 매상이 얼마나 오릅니까?"

"혼자서 해도 힘들지 않습니까?"

조금은 감이 오는 질문들이다. 한마디로 자신들도 한번 해보고 싶다거나 이 장사에 관심이 있다는 의미가 내포되어 있다. 그럴 때마다 나는 곧장 반문한다.

"호떡 장사 해보시려구요?"

"다른 것 생각하시는 거 있으시면 그걸 하세요."

그러면 70%의 사람들은 그런 게 아니라며 손까지 저어가며 자신들의 생각을 숨기려 하는 쪽이고 일부는 관심이 있다고 솔직하게 털어 놓는다.

관심이 있는 사람이라면 내가 체인 사업을 하기로 마음을 먹었으니 이런저런 구미가 끌어 당길만한 말들을 해볼 수도 있겠다. 하지만 나는 그 반대로 나간다. 하루 종일 서서 일하는 게 결코 쉬운 일이 아닌 데다 큰 돈 벌리는 장사가 아니니 차라리 다른 장사를 생각해보라고 말한다.

이렇게 겁부터 주니 누군들 쉽게 마음이 내킬 리가 없다. 하지만 마음 한 켠으로는 "정말 해볼 생각이 있으면 단단히 마음먹고 덤벼 보시오."라고 말한다. 큰 돈 안 들여도 노력한 만큼 대가는 주어지기 때문이다. 문제는 사람들의 관심은 아주 단순한 발상에서 시작되는 경우가 흔하다 이를테면 한참 동안 어떤 장사가 인기를 끌면 어디선가 누가 했더니 잘 되더라는 말만 듣고 '남이 장에 가니 나도 한번 가보겠다'는 이들이 많다. 결국 깊은 생각이나 운영전략도 없이 너도 나도 뛰어들어 시장질서만 흐려놓는 꼴이 되고 만다.

호떡 장사 창업에 관심을 갖는 이들의 대다수도 "마땅히 할 것 없으니 이거라도 한번 해볼까." 하는 생각에서다. 이럴 경우 설령 창업을 한다 하더라도 성공할 확률은 매우 낮다. 어떤 사업이든 죽기 아니면 살기로 뛰어들지 않으면 힘들다. 호떡 장사도 체인점이 있는 시대다. 이는 그만큼 경쟁자가 많다는 의미로 해석해야 된다.

'왕호떡'과 내가 TV 방송과 신문 등을 통해 월수입 300만원 이상은 된다는 정보가 공개된 이후로는 호떡 장사 해보겠다고 찾아오는 이들이 부쩍 늘어났다. 가정주부는 물론이고 50대 퇴직자, 취업을 못한 30대 초반의 젊은이 등 많은 사람들이 그간 다녀갔다. 하지만 지금까지 내가 체인점 개설을 허락한 이들은 단 두명 뿐이다.

특히 호떡은 언뜻 보기에는 누구나 쉽게 만들어 팔 수 있는 것처럼 여겨지기 때문에 창업을 가볍게 생각하기도 한다. 그건 잘못된 생각이다. 호떡은 반죽을 잘해서 맛으로 승부를 걸어야 하며 점포의 입지조건도 중요하다. 하지만 예비창업자라면 무엇보다도 중요한 것은 마음가짐과 자세이다. 호떡 장사라고 해서 쉽게 생각할 일은 아니라는 것이다.

나는 창업전문 컨설턴트는 아닐지라도 창업에 대해서는 할말이 많은 사람이다. 지난 2년간 장사를 하면서 나름대로 터득한 운영 노하우 못지 않게 창업이란 결코 쉬운 일이 아니라는 것을 실감했다. 초창기는 그야말로 하루하루가 실수의 연속이었다. 반죽을 잘 못해서 호떡 하나 제대로 팔지도 못하고 그냥 집에 들어간 일도 있고 반죽시 내용물을 잘못 선택해 호떡에서 냄새가 난다는 얘기를 들어야 했다. 특히 음식장사는 맛과 위생에 있어 완벽성을 기해야 하므로 다양한 경험을 토대로 얻어진 노하우 없이는 누구에게도 쉬운 일이 아니다.

나는 체인점을 개설시 창업자의 마인드와 자세 그리고 입지조건을 꼼꼼히 따져본 후 내가 생각하는 기준에 적합한 사람이라고 판단될 때 '왕호떡' 체인점을 허락한다는 방침을 세워두고 있다.

가맹비나 기계비 등 다른 부분에서 이익을 챙길 욕심으로 체인점 하겠다고 나서는 이들에게 무작위로 개설해 주었다가는 본점까지 망하기 딱 좋다. 지나친 욕심은 화만 불러와 '왕호떡'의 본래 이미지는 퇴색될 수밖에 없다. 기존의 일부 체인 본사들이 한때 흐름에 편승해 체인점 수만 늘려 장비나 인테리어로 돈을 번 후 자취를 감추었거나 수요 이상으로 체인점 수만 늘려 결국엔 점포간 출혈경쟁이 일어나는 등의 실패한 체인 모델을 답습하지 말아야겠다는 생각이 확고한 것이다.

"예비 창업자 여러분! 장사는 아무나 하는 것이 아니랍니다. 장사는 장난이 아니니까요."

4부

호떡장사는
아무나 하나

맛있는 호떡은 저절로 만들어지지 않는다

주변에서 호떡 장사를 해보면 잘 될 것 같다고 해서 장사를 시작했다. 하지만 처음에는 맛이 중요하다는 생각을 크게 하지 않았다. 반죽도 직접 하지 않고 전문업체에서 공급해 주는 것을 사용했다. 장사를 하면서 남과 똑같이 만들어서는 승산이 없다는 것을 스스로 자각하기까지는 시간이 그리 오래 걸리지 않았다. 한 달이 지나면서 기대했던 만큼 고객이 몰려들지 않자 나는 어쩔 수 없이 '왕호떡' 만의 특별한 맛을 내기 위해 다양한 연구를 했다.

반죽 만들기와 속 재료를 조금이라도 다르게 차별화 하고자 노력을 해보았지만 혼자서 어떤 노하우를 만들어간다는 것은 그리 쉬운 일이 아니었다. 집안에서 점포에서 편안히 앉아서 생각하고 작은 시도를 반복하는 것으로는 큰 효과가 발생하지 않았다. 보다 빠르고 성공적인 방법은 직접 내 발로 뛰어다니면서 철저한 시장조사와 차별화를 위한 시도를 하는 것이었다.

아내가 퇴근 후 돌아와서 교대를 해주면 나는 곧장 종로, 인사동, 영등포 등등 서울 시내 각지로 돌아다녔다. 호떡 가게란 가게는 다 들렀을 정도로 맛을 보고 무엇이 각각 다른지 조사를 했다.

호떡집 사장님들에게 호떡 장사의 특성이 어떤 것인지 내용물은 어떤 것들이 들어가는지 은근슬쩍 물어도 보고 수입이나 고객들 성향도 캐내곤 했다. 나비 넥타이를 한 중년남자가 호떡 몇 개 먹으면서 이런저런 얘기를 물어보는 것에 대해 호떡 사장님들은 크게 의아해하지는 않았다. 나는 아주 능청스럽게 연기를 했던 것이다. 직업이 뭐냐고 물어보면 대형 레스토랑 지배인이라고 하기도 하고 예술계통에 일한다며 가슴 찔리는 순간들을 넘기곤 했다.

일반적인 호떡과는 맛이 좀 다르다 싶으면 대여섯 개씩 사서 집으로 가져왔다. 그 호떡들을 속까지 다 뒤집어서 내용물은 어떤 것들이 들어갔는지 분석을 해보았다. 그리고 우리 다섯 식구가 다 맛을 보았다.

아이들은 거짓말을 하지 않는다. 내가 구운 호떡과 다른 가게들의 호떡을 각각 시식시키면서 맛에 대한 평가를 일일이 들었다. "아빠가 구운 호떡이 제일 맛있어요."라는 얘기를 듣기 위해서 이 같은 일을 수없이 반복해야만 했다.

같은 일이 지속될수록 아이들은 이젠 호떡 말고 다른 것 좀 먹고 싶다는 말이 나올 정도였고 독특하고 뭔가 다른 맛이 나오지 않을 때마다 호떡 장사가 수학 함수 공부보다도 훨씬 어려운 일이라는 것을 실감할 수 있었다. 어떤 날은 아내와 아이들이 야속해지기도 했다. 빈 말이라도 사온 호떡보다는 아빠가 구운 호떡이 조금은 더 나은 것 같다는 말이라도 해준다면 용기가 날 것 같은데 아이들은 거짓말을 하지 못했다. 자신들의 입이 느낀 맛 그대로 말하는 것이었다.

그러다 보니 가족들이 다 잠든 시간 혼자 주방에 앉아서 소주잔 기울이며 어떻게 하면 정말로 맛있는 호떡을 구워낼 수 있을까에 대해 고민을 한 날도 수없이 많았다.

이런 가운데 맛이 좋아 날마다 줄 서서 기다리는 음식점 주인들을 생각하기도 했다.

그들은 고객들의 입맛을 끌어당기기 위해 한 가지 음식을 놓고 얼마나 많은 고민과 노력을 했을까?

맛의 비결은 재료와 정성

음식장사의 성공비결은 뭐니 뭐니 해도 맛이다. 서울이든 지방이든 '원조'라는 이름이 붙여진 진짜 원조집은 하나같이 아직도 수십 년 전에 지은 허름한 건물에 자리하고 있다. 화려한 최고급 레스토랑의 음식도 원조들의 인기는 따라갈 수가 없다. 설령 조금 서비스가 부족하고 인테리어는 몇 십 년 전 그대로의 오래된 모습이라 할지라도 그 부족함들이 맛의 가치를 뛰어넘지는 못한다.

무교동 낙지, 장충동 족발, 삼청동 수제비, 종로 6가의 닭 한마리, 중앙시장의 곱창 등 불경기가 없이 연일 미식가들로 발디딜 틈이 없는 이들 음식 타운들은 맛으로 승부를 건 한 음식점의 인기로 인해 아예 먹거리 명소가 된 곳들이다.

'왕호떡'도 한번 먹어 본 사람들은 그 맛을 잊지 못해 다시 찾아 줄 만큼 인기가 높아졌다. 그러다 보니 사람들은 묻는다. 대체 맛의 비결이 어디에 있느냐구.

△ 왕호떡엔 다른 호떡보다 더 많은 재료가 들어가지만, 그 무엇보다도 정성이 가장 큰 맛의 비결이다

장담하건대 음식 맛의 비결은 재료와 정성 두 가지에 있다고 나는 말한다. 장사 초기 나는 지금의 호떡 맛을 내기 위해 2개월 정도는 온갖 고생을 해야 했다. 처음에는 반죽을 전문적으로 공급해 주는 업체로부터 받아서 만들었는데 특별한 맛이 나질 않았다. 결국 나 김민영만이 만들 수 있는 호떡을 만들기로 하고 재료 선택은 물론이고 반죽을 직접 하게 됐다.

하지만 호떡을 우습게 보았다 가는 큰 코 다칠 일이었다. 호떡을 구우면 매일같이 주변 사람들에게 시식을 시켰고 나 또한 맛을 보았지만 기대했던 만큼 뭔가 다른 맛이 나질 않았다. 맛이 여느 호떡이나 다를 바 없는 것은 물론이고 호떡 만드는 일이 손에 익지 않아 어떤 날은 반죽이 너무 묽고 또 어떤 날은 속재료가 너무 적게 들어가는 등 수없이 실패를 반복해야 했다.

2백 개는 족히 구울 수 있는 반죽을 실수로 인해 몽땅 버릴 수밖에 없던 날도 있었고 속 재료를 잘못 넣어 맛이 이상하다는 말을 듣고서는 아예 그날 장사는 하지 못한 날도 있었다. 실수와 연구를 수없이 반복한 끝에 드디어 '왕호떡'은 자기만의 특별한 맛을 내기 시작했다.

  일반 호떡의 경우 밀가루, 찹쌀, 옥수수가루, 분유, 소금, 설탕, 이스트 이 7가지로 반죽을 만드는데 왕호떡은 여기에 3가지 재료가 더 들어간다. 속재료 또한 황설탕, 계피, 땅콩, 전분 이 4가지가 보통 사용되지만 왕호떡은 4가지의 재료가 더 추가 된다.

  다른 호떡과는 맛의 차별화를 시키기 위해 일단 재료를 충분히 사용하고 재료비용이 좀더 들어가는 것을 감수하더라도 독특한 맛을 낼 수 있는 비싼 재료들을 추가시킨 것이다.

  여기에 한 가지 더 추가되는 것은 바로 정성이다. 음식은 만드는 사람의 손 끝에 정성이 들어가야만이 제 맛을 낸다. 재료가 아무리 좋다 하더라도 정성이 부족하면 맛의 한계가 있다. 왕호떡은 반죽을 하루 평균 2~3번 한다. 한번에 해놓고 사용해도 되지만 보다 좋은 맛을 내기 위해서는 귀찮더라도 조금씩 다시 해서 쓰는 것이 좋다.

  또한 호떡을 만들 때 "어휴 이놈의 500원짜리 호떡 지겹다"라는

생각을 갖는다면 호떡이 제대로 구워질 리가 없다. '우리 가족의
생활을 책임지고 만인의 건강을 지키는 사랑스런 호떡'이라는 생각
을 갖고 구울 때 호떡은 노릿노릿하게 적당히 익어가면서 구워지고
그것은 먹는 이의 입 속에서 살살 녹아들기 마련이다.

어떤 욕심 많은 손님께서는 호떡에 사용되는 재료들을 하나도 빠
짐없이 알려달라고 한다. 세상에 어떻게 해서 쌓은 노하우인데, 그
것을 쉽게 밝힐 수 있단 말인가?

왕호떡의 노하우인 재료들을 일일이 밝힐 수는 없는 일이다.

전화비 100원을 돌려드립니다

장사란 쉬운 일이 아니다.

노점상 호떡 장사나 명품 백화점의 경영주나 고객을 내 사람으로 끌어들여 단골로 만들지 못하면 결국 무너지고 마는 것이다.

특히 호떡 하나 팔아야 이삼 백원 남는다는 생각을 하면 호떡 한 두 개 먹고 가는 사람들은 손님으로 보이지 않는다. 정말 이렇게 생각한다면 장사는 짚어 치워야 한다. '고객은 왕'이라는 말을 늘 염두에 두고 고객을 맞이하지 않으면 안된다. 몇 백명 직원들을 먹여 살리는 대기업이 존재하는 것은 단돈 300원짜리 껌이 수십 만 개 팔리기 때문이다. 그만큼 그 회사의 껌을 사는 개미군단 같은 고객이 있다는 얘기다. 또 단가 10원 하는 작은 스프링을 생산 납품하는 회사가 탄탄한 중소기업으로 자리매김하는 것도 마찬가지다. 작은 것 하나하나가 모아져서 기업을 움직이는 원동력이 된다.

호떡이라고 해서 오가는 사람만을 상대하는 뜨내기 장사이니 만들어 팔기만 하면 될 것이라고 생각한다면 그건 큰 오산이다. 대부분의 음식장사는 단골이 많아야 성공을 한다. '왕호떡'도 의외로 단골이 많다.

고객수로 본다면 단골이 50%, 일시고객이 50%이지만 매출로 보면 단골이 80%를 차지한다. 이유는 한 가지. 단골 중에는 직접 와서 먹는 이들도 있지만 전화주문을 통해 배달을 원하는 이들이 많다. 이럴 경우 호떡 한두 개 배달해 달라는 이들은 없다. 보통 10개 20개를 주문한다. 그러니 단골들에게서 발생하는 매출이 차지하는 비중이 당연히 높을 수밖에 없는 것.

단골은 그냥 만들어지지 않는다. 친절하게만 대해 준다고 단골이 되는 것은 결코 아니다. 단골이 된 데는 맛, 친절 등 각각 다르겠지만 현대인들은 단골 음식점을 선택할 때 기본적으로 양질의 상품을 원하는 것은 기본이고 하나 더 원하는 것은 서비스를 제대로 받고 있다고 생각될 때 다시 그 식당을 찾게 된다. 거기에 뭔가 특별한 서비스가 있다면 더할 나위 없이 좋은 것.

호텔 근무와 다년간 재직한 한국통신에서 얻어진 노하우였는지는 모르겠지만 처음부터 나는 노점상일지라도 배달서비스를 내세웠다. '어디든지 전화 한통화만 주시면 달려가겠습니다'를 강조했다. 이 때문인지 인근 사무실 직장인들이나 식당, 옷가게, 액세서리점 등 남영동 일대 점포 직원이나 주인들이 전화로 주문을 한다. 이 뿐만이 아니다. 우리 아이들이 다니는 학교의 선생님들도 오후에 주문을 자주 한다. 나로서는 너무도 고마운 단골들이며 언제 보아도 힘이 절로 생기게 하는 왕호떡의 팬들이다.

단 배달을 하면서도 나는 한 가지 원칙을 정했다. 요즘 서비스를 제공하거나 상품을 판매하는 기업들은 수신자 부담전화 080, 1588 등 전화요금이 무료인 고객을 위한 전화를 개설해 놓고 있다. 고객만족을 위한 서비스인 것이다.

그렇다면 '왕호떡'을 주문하는 고객들의 전화비도 당연히 왕호떡이 책임져야 한다는 것이 나의 생각. 이를 실천하기 위해서 주문배달을 가면 호떡을 건네 주면서 100원짜리 동전을 고객에게 드린다. 처음에는 의아해 하면서 괜찮다며 받지 않으려 했던 단골들이 이제는 당연한 것으로 생각하며 동전을 받는다. 그럴 때마다 나는 고객들에게 할 도리를 다했다는 생각을 갖게 되고 고객들은 차별화된 대접을 받았다고 생각해 만족감이 더 커지는 것이다.

점포를 운영하는 점주들 중에는 호떡 하나 팔아서 뭘 남는다고 전화비까지 챙겨 주냐며 오히려 나를 나무라거나 흉 보는 이들도 있을지 모른다. 하지만 남들이 하지 않는다고 나까지 따라갈 필요는 없다. 나만이라도 차별화된 서비스를 실천하는 것이 바로 고객만족 마케팅이 아닐까.

가끔씩은 너무 바빠 동전 주는 것을 깜빡 잊고 호떡만 주고 돌아서려고 할 때가 있다. 그러면 고객들은 말한다.

"백원 주셔야지요."

이렇게 말한 고객은 재미로 웃고 나는 미안함에 미소를 짓는다. 작은 것에서부터 그 실천이 이루어질 때 진정으로 고객은 만족할 것이라고 믿는다.

고객을 위한 또 하나의 서비스 마술

요즘 나는 새로운 것에 관심을 갖고 단 몇 분이라도 시간이 나면 연습에 몰두한다. 하면 할수록 신기하고 마음이 즐거워진다. 바로 마술이다.

늘 새로운 생각을 하고 계획하는 습관을 지닌 성격 탓에 조금 색다르고 호기심이 가는 것을 보면 나는 참질 못하는 편이다. 우리 점포를 자주 찾는 고객 중 한 사람이 있다. 그의 직업은 이벤트 회사의 이벤트 플래너. 그야말로 아이디어가 톡톡 튀는 직업을 가진 분인 만큼 그분이 오면 나는 대화를 많이 나누는 편이다. 올 봄이었다. 어쩌다 한번은 마술에 대한 이야기가 나왔고 호기심을 갖는 나에게 그 단골손님은 손쉽게 할 수 있는 마술 한 가지를 보여 주었다.

마술을 보는 순간 나는 배우기로 결심을 했다. 물론 특별히 학원이나 전문가를 만나 배우러 다닐 시간적 여유가 없는 나로서는 그 손님에게서 어떻게 해서라도 배워보겠다는 야무진 생각을 한 것이다.

그는 대체 마흔 일곱의 나이에 마술을 배워 무엇을 하려느냐는 따위의 상투적인 질문은 하지 않았다. 자주 만나 이미 내 속을 조금은 아는 사람이기에 내가 마술을 배우고 싶다고 한 그 순간 어쩌면 그는 알아차렸는지도 모른다. 다름 아닌 고객들을 즐겁게 해주자는 생각 하나에서였다.

굴지의 대기업들은 사은품이나 경품잔치로 고객 만족을 실현시키지만 나로서는 돈들여 그렇게는 할 수 없으니 돈 안들어 가면서도 고객을 만족시켜 줄 수 있는 것이 있다면 내가 조금 피곤하고 힘들더라도 무엇이든 해야 되겠다는 생각이다.

호떡을 서서 먹는 짧은 시간이지만 입과 배만 즐거운 게 아니라 눈도 즐거우면 더 좋지 않을까 싶어서였다. 특히 마술은 짧은 시간에 보여 줄 수 있는 것인 데다 남녀 노소 누구나 할 것 없이 다 좋아한다는 것이 나의 관심을 더욱 부추겼다.

그날부터 그 손님을 마술 사부로 모시면서 언제든지 자주만 와달라고 부탁을 했다. 호떡 값은 절대로 받지 않겠다는 조건도 달았다. 그 후로 그가 올 때마다 틈틈이 배운 마술이 벌써 10여 가지나 된다.

마술은 정해진 기구나 재료를 가지고 아주 짧은 시간에 재치와

빠른 손놀림으로 눈속임을 통해 상대를 놀라게 해주는 것이다. 보는 사람은 그저 신기하고 놀라울 뿐이지만 막상 마술을 보여 주는 사람 입장이 되면 하루 아침에 배울 수 있는 것도 아닌 데다 실수가 허락되지 않는 것인 만큼 손에 땀을 쥐는 긴장감 없이는 불가능하다.

아주 고난도의 테크닉을 필요로 하는 수준 높은 마술이 아님에도 불구하고 나는 수없이 연습을 되풀이 했다. 배우는 입장에서 한발 먼저 다가서서 조르고 매달리지 않으면 누가 공짜로 가르쳐 주겠는가 싶어 그 분이 쉬는 날에는 뻔뻔스럽게도 직접 찾아가 소주 한잔 나누면서 마술을 배우는 노력도 기울였다. 마술을 가르쳐 준 고객은 다행히도 우리 집에서 가까운 곳에 살고 있었기에 한결 수월했다. 처음부터 손놀림이 자유자재로 움직여질 리가 없으니 어렵다는 것을 실감하면서도 어떤 날은 밤잠을 설쳐가면서까지 연습에 몰두했다. 언젠가는 고객들에게 보여 줄 수 있다는 즐거움이 있었기에 가능한 일이었다.

손수건, 지팡이부터 000에 이르기까지 단 몇 초 안에 보여 주는 마술은 요즘 우리 점포를 찾는 고객들에게 인기 만점이다. 특히 나의 마술에 대한 학생들의 호응은 매우 높아 마치 나의 전직이 마술사였던 것으로 착각하는 학생들도 많다.

   마술을 보며 즐거워하는 고객들. 놀라움과 즐거움을 드러내는 그들의 얼굴을 볼 때면 서서 일하느라 뻐근해진 허리와 다리의 피로가 한순간에 씻겨 나간다. 호떡집이라고 해서 호떡만은 파는 것은 아니다.

   나는 생각한다. 내가 가진 모든 능력과 정성을 고객들에게 보여 주고 쏟아 놓을 때 고객들은 '왕호떡'의 특별함을 더욱 만끽할 수 있을 거라고.

보험까지 든 '왕호떡'

"왕호떡 먹고 배탈이 났거나 그 외의 건강상 문제가 발생해 환자가 병원에 입원했다면 병원치료비는 전적으로 왕호떡이 책임져 줍니다. 이 뿐만이 아닙니다. 행여 호떡 드시다가 호떡 굽는 기계에서 불이라도 나 어떤 피해를 입으신다면 그 또한 전적으로 제가 책임집니다."

물론 안전사고는 없어야 하겠지만 왕호떡을 찾아오는 고객들에게 내가 자신 있게 할 수 있는 말이다. 5백원짜리 길거리 호떡 장사가 무슨 돈이 있길래 그런 책임을 진다고 호언장담 하느냐고 고개를 흔드는 사람이 있다면 그 사람은 단 1분도 안 가서 얼굴 빨갛게 된 상태로 나에게 용서를 구해야 할 것이다.

왕호떡은 음식물 배상보험에 가입해 있기 때문이다. 또 점포도 화재보험에 가입돼 있어 행여 호떡 굽다가 화재가 발생해 나는 물론이고 고객이나 인근 점포에 피해를 주었다면 이 또한 걱정할 일이 아니다. 보험회사에서 처리해 준다.

동양화재보험에 음식물 배상보험과 화재보험을 가입했다고 하면 대다수의 사람들은 믿지 않는다. 때문에 보험가입 사실을 점포 내 벽에 붙여 분명하게 확인시켜 주고 있다.

돈을 얼마나 벌길래 이런 작은 가게에서 보험까지 가입한 걸까 하고 의아해 하는 분들도 많겠지만 월 10만원 이내의 보험료만 내면 1년 365일 나와 소비자의 안전 문제에 관한 걱정을 하지 않아도 된다는 것을 생각하면 얼마든지 이해가 되는 일이 아닐까 싶다.

'왕호떡'은 하루 이틀하고 마는 그런 장사가 아니다. 내 인생의 제2의 도전 무대이니 어느 한 가지도 문제가 없어야 하며 고객들로부터 인정을 받아야 한다. 앞으로 몇십 년 더 장사를 할지도 모르며 훗날 딸들에게 물려 주게 될지도 모른다. 그러니 보험에 가입하는 것쯤이야 나 자신을 위한 당연한 투자이고 왕호떡의 미래를 위한 것이다. 점포를 운영하거나 물건을 만들어 판매하는 제조사가 나를 보고 '별난 짓'이라고 말한다면 훗날 큰 코 다칠 일이다.

세상은 변하고 있다. 어제와 오늘이 확연하게 다른 만큼 시시각각 새롭게 발전하고 보다 나은 환경을 추구한다. 어제까지 잘되던 회사라고 해서 오늘은 대충 넘어간다고 생각하면 그 만큼 성장은 뒤쳐지는 게 21세기의 시장원리다.

노점상에서 나처럼 음식물 배상보험과 화재보험에 가입한 이들은 흔치 않을 것이다. 월 몇 억원 대의 매출을 올리며 대중 소비물품을 생산, 판매하는 중소기업 중에도 제품에 대한 책임보험을 들지 못하고 있는 업체들이 부지기수인 것으로 알고 있다. 그러니 노점상은 오죽하겠는가. 오죽하면 선례가 없어서 다수의 손보사들이 내가 보험을 가입하고자 할 때 고개를 내저었겠는가. 유일하게 동양화재에서는 나의 뜻을 받아들여 보험에 가입시켜 주었다.

현재 시중에 판매하는 가공식품이 제조물 책임자보험에 가입되어 있지 않다면 소비자 문제 발생시 기업측은 큰 문제에 부딪히게 된다. 지난해 7월 1일부터 PL(Product Liability : 제조물책임) 제도의 도입에 따라 국내에서 제조 판매되는 모든 물건들은 이 보험을 가입하지 않을 경우 엄청난 재산 손실을 입을 수밖에 없는 상황이다.

PL 제도는 우리 나라가 소비자 주권시대로 진입하였음을 상징하는 것이다. 물건을 믿고 구입해 사용한 소비자가 그 제품으로 인해 피해를 본다면 이는 전적으로 제조사의 책임이라는 것이다.

미국의 경우 전세계 PL법 중 가장 엄격한 경향을 지니고 있어, 미국 내의 많은 기업들이 PL 소송으로 인해 파산하는 경우가 많은 편이라고 한다. 그런가 하면 호주 보건당국은 지난 4월 호주 최대의 식물 비타민(herbal vitamin) 제조회사인 '팬 파머슈티클'의

제품 219종에 대해 리콜을 단행하고 이 회사의 제조 면허를 6개월
간 정지시키기로 결정했다. 이 회사의 전제품들이 보험에 가입해
있다면 문제는 조금 덜 할 수도 있겠으나 그렇지 않을 경우에는 곧
장 파산사태로 이어질 수밖에 없을 것이다.

나는 자신 있게 말한다.

"왕호떡은 대기업 브랜드 못지 않게 품질은 물론이고 사후 책임
까지 확실히 보장받을 수 있는 제품입니다."

호떡을 많이 먹으면 공짜 – 이벤트가 있는 즐거운 점포

장사하는 사람의 목적은 돈을 버는 것이지만 그렇다고 해서 돈이 전부는 아니다. 사람마다 생각의 차이가 있겠지만 적어도 나는 돈에 목숨 걸고 있지는 않다고 자신한다. 비록 주식으로 탕진을 한 끝에 마땅한 직장이 없어서 시작한 장사지만 '이왕이면 다홍치마'라는 말도 있듯이 좀더 즐겁게 그리고 재미 있게 신바람나는 장사를 하고 싶어 안달이 나 있는 사람이다.

생각을 조금만 바꾸거나 내가 고객의 입장이 되어 아이디어를 만들어 내면 그 답은 아주 쉽게 나온다. 좀더 맛있는 호떡을 구우려고 신경을 쓰고 늘 웃는 얼굴로 고객을 맞이하고 고객이 들었을 때 기분 좋은 말을 하는 것이 바로 즐겁게 웃으며 일하는 방법이라고 생각되어 그렇게 실천하려고 하는 편이다. 설령 기분이 좋지 않은 일이 있거나 걱정거리가 있다 할지라도 고객 앞에서는 웃으며 호떡을 굽고 늘 밝게 살아가는 '왕호떡' 주인이 되고자 한다.

어찌 보면 이같은 장사꾼의 자세는 고객을 맞이하는 상인이라면 기본적으로 갖추어야 하는 것일지도 모른다. 좀더 특별한 호떡집이 되는 방법은 없을까? 그래서 외모도 남다르게 꾸미고 주문 배달도 하고 전화비 100원도 지급했다. 그런데도 더 특별한 재미를 고객들이 얻을 수 있는 것은 없을까에 대해 고민을 했다. 돈 들여 이벤트 팀을 불러 이색적인 행사를 한다는 것은 경제적, 공간적 무리가 따르니 아이디어를 찾는다는 게 그리 쉽지 않았다. 그러던 끝에 나온 것이 바로 '호떡 많이 먹기' 이벤트였다.

호떡 13개를 먹는 사람에게는 돈을 받지 않는다는 내용을 써붙였다. 말이 13개지 보통 사람이라면 2~3개 먹으면 배가 부르다는 왕 호떡이 아닌가? 여자 손님들이나 40대 이상의 중장년들에게는 그다지 와 닿는 이벤트가 아니지만 20~30대 젊은 남성층에게는 한번쯤 시도해 보고 싶은 충동을 갖게 하는 일이었다.

12나 11개를 먹으면 먹은 만큼 돈을 치뤄야 하므로 자칫하면 매상 올리려는 작전(?)이라고 생각할 수도 있겠다 싶어 갈등도 있었지만 일단 한번 일을 저질러 보기로 했다.

아니나 다를까 이삼 일에 한번 꼴로 도전하려는 젊은이들이 나타났다. 라면 몇 개를 먹으니 호떡 정도야 식은 죽 먹기라고 하는 직장인이 있었는가 하면 밥을 안 먹은 상태에서는 15개도 먹을 수 있다고 소리치는 대학생도 있었다. 그럴 때마다 나는 체하지 않게 천천히 드시라고 했다. 행여 너무 갑작스럽게 많은 양을 먹다가 무슨 일이라도 생긴다면 고객을 즐겁게 하자고 한 일이 그 반대가 될 수도 있기 때문이다.

호떡은 단순히 밀가루 음식이니 대식가라면 충분히 가능한 일이라고 생각하는 이들이 많지만 생각처럼 쉬운 일은 아니다. 속 내용물이 다양하고 기름기가 많아서 처음에는 잘 넘어가다가도 대 여섯 개 이상을 먹으면 한계가 오기 마련이다.

호떡왕이 되고자 시도한 남성들은 대다수가 실패했다. 아직까지도 13개를 먹은 사람은 단 한 사람도 없었다. 단 한 사람만이 그것도 11개를 먹고 12개째에서 포기를 한 것이 기록이다.

음식 많이 먹기 이벤트를 벌인 일 자체가 '미련한 짓' 쯤으로 보일 수도 있겠다. 500원짜리 호떡 하나라도 더 팔아보려는 장사꾼의 욕심으로 보는 이들도 있을 수 있다. 하지만 나는 돈에 눈 먼 장사꾼은 아니다. '왕호떡'을 찾는 고객들이 잠시라도 웃고 즐겁게 머무르다 가는 공간이 되었으면 하는 바램에서 이같은 이벤트를 만들었고 여기에 참여하는 고객 또한 그저 재미로 시도할 뿐인 것이다.

친구들 앞에서 문제없다고 큰 소리를 치고 시도했다가 5개 먹고 그만둔 고객이 있다 하더라도 그 도전을 도전하는 당사자나 이를 지켜보는 사람들이나 모두에게 잠시나마 세상 복잡한 일들을 잊고 웃고 떠들 수 있는 시간이 된다. 사은품을 주는 이벤트는 아닐지라도 고객을 생각하는 나의 작은 아이디어에서 비롯된 것임을 고객들이 이해해 주고 동참해 주는 것에 그저 감사할 따름이다.

호떡 장사야말로 날씨 경영이다

옛날 어머니나 할머니들은 고생을 많이 하고 출산을 많이 한 탓인지 날씨가 흐려지거나 비가 오면 온몸이 쑤시고 손, 발의 뼈마디가 저리다는 말씀들을 자주 하셨던 것 같다. 그런가 하면 넘어가는 해를 보면서 이튿날 날씨가 좋을 것인지 비가 올 조짐인지를 예측하기도 했다. 농사만큼 날씨의 영향을 받는 일도 없으니 어른들은 일기변화에 매우 민감했고 그에 따른 대처도 매우 적극적이었던 것 같다.

시대가 달라졌으니 날씨는 일기예보를 통해 쉽게 알 수 있다. 하지만 내가 호떡 장사를 하기 이전까지는 아침마다 일기예보에 큰 관심을 두지 않았다. 도시생활을 하는 직장인으로서는 비가 오나 눈이 오나 아주 큰 영향을 받지 않기 때문이다.

요즘은 매일같이 일어나자마자 TV를 켜고 일기예보에 귀를 기울인다. 일기예보를 접하는 것은 호떡 장사인 내가 가장 먼저 해야 하는 일이 되어버린 지 오래다. 어쩌다 일기예보를 듣지 못하는 날에는 인터넷에 들어가 날씨 정보를 알아내야 한다. 일기예보를 접한 후 그날 그날 장사에 대한 준비를 하고 때로는 걱정을 하기도 한다.

호떡 장사가 무슨 날씨 탓이냐고 하겠지만 호떡 장사만큼이나 날씨 영향을 많이 받는 장사가 있다면 어디 한번 말해보라고 따지고 싶을 정도다.

그 이유는 바로 이런 것 때문이다.

비가 오는 날이나 눈이 내리는 날은 호떡이 평일보다 훨씬 많이 팔린다. 이런 날은 당연히 재료를 넉넉히 준비해야 하는 것이다. 반대로 날이 아주 덥거나 바람이 부는 날에는 호떡이 적게 팔린다. 또 비가 너무 많이 쏟아져도 호떡 판매는 시원찮다.

일기 변화에 따라 호떡을 먹는 고객들의 기분이나 상황이 달라지기 때문이다. 게다가 노상에서 하는 장사이기 때문에 날씨의 영향은 그야말로 매출에 직격탄이나 다름없다.

호떡 장사를 시작한 지 서너 달이 지난 어느 날이었다. 그 날은 울고 싶을 정도로 속이 상했다. 장사를 한참 하고 있는데 오후 3시쯤 되어서 갑자기 날씨가 바뀌더니 바람이 불기 시작했다. 그것도 잔잔한 바람이 아닌 회오리 바람이었다.

노상의 호떡 점포는 정면이 훤하게 뚫려 있고 고객들이 보는 앞에서 호떡을 구워야 하는데 바람이 심하게 불면 온갖 먼지가 구워

놓은 호떡 위와 철판 위로 날아와 앉으니 이건 원수도 이런 원수는 없는 것이다. 그날 갑자기 불청객으로 찾아온 회오리 바람은 강도가 너무 세서 호떡을 먹던 손님들이 순식간에 날아든 먼지를 보고는 모두 가버리는 것이었다. 게다가 바람이 지속되니 다른 손님들도 호떡을 먹으러 오질 않았다. 반죽은 아직도 3분의 2가 넘게 남았는데 이 일을 어쩌란 말인가.

길가는 사람 붙잡고 하소연을 할 수도 없는 일이고 그렇다고 차라리 비를 내려 달라며 하늘에게 똥침을 줄 수도 없잖은가.

장사는 이미 기대할 수 없는 일이었다. 반죽을 다음날 사용하면 맛이 덜해지기 때문에 반죽을 버리자니 아깝고 그대로 두자니 무용지물이었다. 마음을 가라앉히고 단골들을 생각했다. 나는 정면을 천막으로 가리고 묵묵히 호떡을 구웠다. 그리고 인근 사무실과 점포의 단골들에게 전화를 걸었다.

"잠시 후 서비스로 호떡을 갖다 드릴 테니 간식 사드시지 마세요."

그리고는 구운 호떡을 오토바이 타고 다니며 일일이 배달해 주었다. 완전 공짜로. 단골들은 의아해 했지만 날씨가 좋지 않아 서비스의 날로 정했다고 너스레를 떨면서 즐거운 표정으로 호떡을 건네주었다. 돈을 벌지 못했으니 속마음은 편치 않았지만 그래도 단골들에게 서비스를 했으니 다행스러운 것이 아니냐는 생각을 하며 장사를 일찌감치 끝냈다. 바로 그날 이후로 나는 아침 일찍 일기예보를 시청하고 그에 따라 장사를 준비하는 노하우가 생겨난 것이다.

물론 날씨 덕분에 호떡이 평소의 두 배로 팔려나간 날도 많다. 당연히 그런 날은 재료를 많이 준비해 놓고 수시로 반죽을 만들며 즐거워한다. 기온이 다소 쌀쌀한 날, 장대비가 아닌 가는 비가 하루 종일 점잖게 내리면 그날은 영락없이 최고의 매출을 갱신할 조짐이 보이는 날이다. 겨울에 눈오는 날도 그야말로 대박 터지는 날이다. 손님들이 몰려오고 호떡 만드느라 정신없어 점심도 건너 뛰고 저녁 늦게까지 허리 아픈 줄도 모르고 오로지 호떡 하나에만 미쳐 버리게 되는 것이다. 그래 보아야 매출은 하루 25만원 정도지만 돈 보다도 기분이 중요한 것이다.

최근 들어 기업들은 '날씨경영' 이라는 말을 심심찮게 사용하고 있다. 날씨가 기업경영에 미치는 영향력이 생각 이상으로 크기 때문이다. 따라서 기업들은 기상정보를 토대로 재해관리시스템을 구축하거나 영업전략을 차별화 시킨다고 한다. 이를 실천한 업체들이 실제로 수십, 수백 억원의 비용절감 효과를 거두었다는 매스컴의 보도를 접한 적이 있다. 대표적인 예로 롯데월드는 기상정보를 토대로 실내·외 놀이기구 운영 계획을 수립하여 운영한 결과 지난해

19억원의 비용을 절감했다고 한다. 건설업체와 해운업체들도 각각 건설현장 기상정보시스템과 해양기상정보시스템을 도입해 지난해 각각 19억원의 악천후 손실비용과 66%의 선박 운항 손실을 감소시켰다는 것이다.

또 유통업계에서는 날씨정보를 효율적으로 활용함으로써 재고를 줄이고 전략상품을 내세울 수 있으며 최적의 유통경로를 결정한다고 한다. 또 대리점 개설시기를 정하는 데도 큰 도움이 되며 효율적인 매장개편(MD)을 할 수도 있는 등 얻게 되는 효과는 다양하다고 한다.

이쯤 되고 보니 케이웨더가 주최하고 과학기술부와 기상청이 후원하는 날씨경영대상'이 생겨났을 정도다.

이런 정보를 아는 사람이라면 이제는 "호떡 장사가 무슨 날씨 탓"이라고 말하는 이들은 없을 것이다.

스타일이 행동을 좌우한다

남자들은 피부에 와 닿는 것
하나가 있다. '제복을 입으면 다 똑같다'는 말이 그렇다. 군에 입대
하여 군 생활을 할 때나 나이가 들어 예비군이 되어 교육장에서 교
육을 받을 때나 제복 입은 사람들의 행동은 하나같이 똑같다.

기업체 사장도 학교 교사나 잘나가는 기업의 간부도 그리고 구멍
가게 주인도 예비군복만 입으면 교육장에 앉아서 군대생활 얘기나
여자 이야기로 꽃을 피운다. 기업체 사장이라고 해서 글로벌 경영
이 어쩌고 저쩌고 하는 이는 없다. 이는 다시 말해 스타일이 그 사
람의 행동이나 말을 좌우한다는 것이다.

제아무리 의사나 법관이라 할지라도 예비군복 입고 유식한 척 해
보아야 받아 주는 이도 없는 데다 오히려 상대방은 저 사람이 정말
의사인가 하는 의심을 가질 뿐이다.

보는 시선도 그렇다. 예비군복 입은 사람들을 보면 모두가 그저
예비군으로만 보일 뿐이다.

이런 말을 먼저 꺼낸 데는 나의 복장과 관련된 나의 마음가짐을 말하기 위해서다. 와이셔츠에 나비 넥타이를 매고 중절모 쓴 채로 호떡을 굽는 것은 '왕호떡'을 알리기 위한 이미지 마케팅과 단정하면서도 개성 있는 옷차림으로 고객들의 시선을 즐겁게 해주기 위한 목적이었다. 그러나 여기에는 또 한 가지 이유가 숨어 있다. 바로 행동이다.

여자가 한복을 입으면 몸가짐이 좀더 조심스러워질 수밖에 없고 남자가 정장을 입으면 행동에 신중을 기하게 된다. 그러니 이런 복장을 하고 있는 내가 고객들에게 '호떡 하나는 안 팔아' 라던가 '오랜만여. 요즘은 뜸 한걸 보니 뭔 일 있는 거여' 라는 식으로 반말투의 대화를 할 수 있겠는가. 나는 늘 경어를 쓴다. 열네 살 여중생이든 행색 초라한 홈리스이든 모든 고객들에게 반말투의 말을 하지 않는 것은 나의 철칙이다. 또 행동에 있어서도 너무 가볍지 않게 하지만 부드럽고 정중하면서도 친근하게 대하고자 한다. 깨끗한 옷차림 만큼이나 호떡을 구울 때도 청결을 중시여긴다.

이러다 보니 고객들도 마찬가지다. 어쩌다 한두 사람은 무례하게 반말을 하기도 하지만 대다수의 고객들은 예의를 갖추어 말하고 행동한다. "호떡 굽는 아저씨 뭔 놈의 멋을 그리 부렸소." 라고 말하는 사람은 지금까지 단 한 사람도 만나본 적이 없다. 오히려 "개성 있고 멋있다." 거나 "특별한 스타일 만큼 호떡 맛도 특별하네요."라는 말을 하는 이들이 적지 않다.

만일 내가 체육복 바지에 점퍼 차림으로 호떡을 굽는다면 나 자신부터가 다를 것이다. 고객들에게 호떡을 건넬 때도 대충대충이고 고객이 가도 인사 같은 건 하지 않고 지낼지도 모른다. 체육복 입고 호떡 굽는 내가 점잖게 예의를 갖춘들 누가 날 조심스럽게 대하겠는가 하는 선입감에 나 자신 스스로 주눅이 들어 대화란 없고 단순한 호떡 장사로 전락할 것이다. 고객들 역시 속이 출출하니 호떡이나 하나 사서 먹자는 생각으로 우리 점포를 찾을 것이고 나에 대한 관심 같은 건 아예 없을 것이다.

이런 가운데 호떡 장사를 했다면 과연 내가 '일할 맛 나는 일터이자 나의 모금자리' 라는 생각을 갖겠는가. 또 어느 방송과 잡지, 신문에서 나를 무엇 때문에 인터뷰하겠는가.

겉치레만 화려하고 내실은 없는 속 빈 강정이라면 이 또한 문제가 되겠지만 사람은 자기만의 스타일을 유지하면서 그에 맞게 행동하고 자기 가치를 키우는 것도 세상 살아가는 데 중요한 힘이 되고 자기만의 탄탄한 담보를 만드는 일이 아닌가 싶다.

교수님들 강의시간에 홍보가 저절로

"너 출세했다. 다른 것 안하고 여기서 호떡 장사하길 백 번 잘했다. 대학 교수님들이 칭찬을 할 정도면……."

언젠가 친구가 일하는 곳에 놀러왔다가 이런 말을 한 적이 있다. 그 친구가 온 날은 며칠 동안 숙대생들이 유난히 많이 찾아오던 기간 중 하루였다. 학생들이 호떡을 먹으면서 교수님이 꼭 한번 가보라고 했다는 말을 했기 때문이다.

여러 명의 여학생들이 꼬리를 물고 찾아왔다. 학생들은 하나같이 호떡 맛을 보면서 내가 호떡을 굽는 모습과 나비 넥타이 그리고 중절모 등을 유심히 살피고 갔다. 강의시간에 대학교수님이 대체 무슨 얘기를 어떻게 하셨길래 학생들이 나를 찾아오는 건지, 또 어떤 교수님이신데 나를 알고 있는지 등등 궁금해졌다.

한 학생이 말하기를 여자 교수님이신데 '왕호떡' 김민영 사장에게 가서 서비스 마인드가 어떤 것인지를 느껴 보라고 했다는 것이다. 그제서야 나는 고개가 끄덕여졌다. 한두 번 점포에 들려 호떡을 드시고 간 숙대 교수님이 계셨는데 나는 그 분이 어느 학과 교수님 인지 이름이 무엇인지도 모르는 터였다. 그저 다녀가셨다는 기억만 할 뿐이다. 그 분 역시 특별한 질문은 하지 않았다. 몇 마디 대화 끝에 숙대에서 강의를 한다는 정도만 알 수 있었다.

학생의 말을 듣는 순간 조금은 의아해졌다. 완벽한 서비스 마인드를 체험하려면 호텔이나 유명 백화점 같은 곳에 가야 할 일이 아닌가 싶었던 것이다. 하지만 곰곰이 생각해 보니 나의 서비스 마인드도 남들에게 인정받을 만한 가치가 있다는 것을 알게 됐다.

나는 호떡 장사를 하면서 지금까지 그 누구에게도 반말투로 말해 본 적이 없다.

"한 개에 얼마요"라고 물으면 "오백원 입니다."라고 답하고 호떡을 건네 줄 때는 반드시 "맛있게 드세요."라고 한다. 그리고 고객이 갈 때에는 "즐거운 하루 되세요", "감사합니다". "안녕히 가세요." 등의 말을 빼놓지 않았다. 길거리에서 장사하면서 이처럼 누구에게나 존칭을 사용하면서 몇 번이고 인사를 하는 사람은 흔치 않다고 주변사람들은 말한다. 남이 하지 않는다고 해서 나도 똑같이 따라 할 수는 없는 일이다. 장사가 잘되고 못되고는 순전히 나 자신에게 달려 있는 만큼 나는 최선을 다해 고객들에게 서비스를 베풀어야 한다는 것을 매우 중요하게 여긴다.

이 뿐만이 아니다. 나비 넥타이와 정장차림의 옷차림은 기본적으로 유지하는 나의 스타일이자 이미지 마케팅이고 주문배달 서비스, 전화비 100원 돌려드리기 등 나만의 서비스를 실천하고 있다.

점포에서 눈에 띄게 드러나는 서비스 중 한 가지를 꼽는다면 호떡 하나를 먹는 고객일지라도 반드시 종이컵에 넣어 드린다는 것이다. 호떡을 먹다 보면 끈적이는 액체 내용물이 흘러 나와 자칫하면 옷에 묻거나 손이 지저분해지기 때문이다. 또 겨울철에는 오뎅국물을 마시게 되므로 자신이 호떡을 넣어 먹었던 컵을 국물을 마시는 데 재활용할 수 있도록 자연스럽게 유도하는 것이다.

숙대 교수님 외에도 나의 '왕호떡' 점포를 학교에 가서 학생들에게 소개한 교수님이 또 한 분 있다. 그 분이 언제 다녀가셨는지 정확히 기억은 나진 않지만 올 봄에도 갑자기 대학생들이 우르르 몰려온 적이 있었다. 바로 강의 시간에 교수님이 김민영의 서비스 마인드를 읽어보라고 했다고 한다.

늦게나마 학생들에게 나를 소개하신 교수님들께 감사의 뜻을 전하고 싶다. 학생들이야 호떡 맛을 보기 위해서 찾아온 것이 아니고 서비스를 엿보고자 온 것이지만 어찌 됐든 많은 학생들에게 왕호떡이 알려졌고 그 학생들의 입을 통해 또 다른 이들에게도 구전 홍보

△ 음식장사는 먹어 본 사람들이 주변 사람들에게 소문을 내주는 것만큼 효과가 큰 홍보 방법은 없다.

가 이루어졌을 테니 이는 방송 광고보다도 더 확실한 홍보가 아니고 무엇이겠는가.

마케팅의 천재라고 할 수 있는 일본인들도 이미 오래 전부터 광고 보다는 구전 마케팅을 적극 펼쳐 성공을 한 예가 많다. 특히 여학생들을 대상으로 하는 상품의 마케팅 효과는 구전 홍보가 절대적인 역량을 발휘한다고 한다. 우리 기업들도 마찬가지다. 주부들을 대상으로 판매하는 가전이나 의류는 입소문과 전시효과가 엄청난 마케팅 효력을 지니고 있다. 누구네 집에 신제품이 있다면 우르르 몰려가 구경하고 실제 사용하는 주인집 여자가 정말 좋다는 말 한마디하면 너도 나도 할부로라도 사는 게 보편적인 소비자 심리가 아닌가.

특히 음식장사는 먹어 본 사람들이 주변 사람들에게 소문을 내주는 것만큼 효과가 큰 홍보 방법은 없다. 가까운 사람이 전하는 말이니 100% 신뢰를 갖게 되기 때문이다. 이 때문인지 장사를 하다 보면 직장 다니는 딸이 꼭 한번 가서 드셔보라고 해서 직접 왔다고 말하는 중년의 아주머니들도 많고 고등학교 다니는 아들이 말하기를 "엄마 그집 호떡 정말 짱이야."라고 자랑해서 이웃집 사람들과 맘 먹고 찾아왔다는 엄마들도 자주 만나게 된다.

이렇게 소문을 듣고 왔다는 고객들을 만날 때마다 호떡을 굽는 나의 손은 한결 가벼워지면서 한결 더 섬세하게 정성을 쏟게 된다.

5부

내 인생의
아름다운 기억들

아내와의 만남, 작업 들어가던 날

사람들은 태어나서 모든 것을 다 줄 수 있는 진실한 사랑을 몇 번이나 할까? 평생을 함께 살자고 약속할 수 있는 배우자와의 사랑이란 한번만 해도 다행히고 가슴 벅찬 삶의 감동이 아닐까 싶다.

아내를 만나 어언 20여 년을 살아오면서 늘 느끼는 것이 있다. 내가 아내를 만난 것은 행운이고 복 받은 일이라는 것이다. 주식으로 실패를 거듭한 내 인생을 추스려 주며 보살펴 주어서가 아니라 아내의 심성을 보면 이런 생각을 하지 않을 수 없다. 아내는 매사에 참는 성격이고 말수가 적다. 내 얼굴 똑바로 쳐다보고서는 "당신 사랑해요."라는 말을 단 한번도 해본 적이 없는 사람이다. 그렇게 내성적이고 순수하다. 거기가 내 뜻에 늘 따라 주는 그런 사람이니 나로서는 한마디로 천사 같은 여자이다.

40대 후반의 나이에 바람을 필 일도 없겠지만 나는 이런 내 아내를 진정으로 사랑한다. 입에 발린 말이 아니라 아내를 위해서라면 모든 것을 다 줄 수가 있고 다음 세상에 태어나도 나의 아내 오인순을 만나고 싶을 정도다.

아내와의 만남은 전 직장인 한국통신이 맺어준 세상에서 가장 큰 선물이었다. 아내를 만난 것은 85년 한국통신에 입사한 지 얼마 지나지 않아서였다. 공중전화 부스 관리자였던 나는 그때 강서구 화곡동 지역을 담당하고 있었다. 안정된 직장에 입사하여 신바람 나서 일하고 있을 그때 내 나이는 스물 여덟 살이었다.

담당하던 전화부스 중 한 곳은 앞에 수퍼마켓과 세탁소가 있는 대로변이었다. 그곳을 매일같이 가다 보니 어느새 수퍼 주인과 가까운 사이가 되었다. 천성이 붙임성 있는 성격으로 사람을 좋아하는 데다 젊은 나이였으니 갈 때마다 음료수도 하나씩 마셔가면서 이런 저런 사는 얘기도 하며 친해진 것이었다. 그런데 생각지도 않은 일이 발생했다. 선을 볼 생각이 없냐는 제의가 들어온 것. 수퍼 주인 내외는 나라는 사람에 대해 신뢰감과 좋은 인상을 갖고 있었던 것 같다. 키 크고 날씬한 데다 인물 또한 남 앞에 섰을 때 흉잡힐 곳은 없는 편이고 서글서글한 성격을 높이 평가했던 것 같다. 후에 알게 된 일이지만 수퍼 옆집인 세탁소 여주인이 처형이었던 것이다. 처형이 평소 전화부스와 수퍼를 드나드는 나를 지켜보면서 자신의 여동생을 소개 시켜주고 싶은 생각을 하게 된 것이 시발점이었다.

보통 가정의 셋째 딸이라는 말만 듣고 일단 선을 보기로 했다. 시골에서 올라와 딱히 의지할 데도 없어 홀아비 생활을 하던 데다 나이도 혼기가 차 있던 터라 휴일 커피숍에서 만나게 되었다.

아, 그런데 어찌된 일인지 나는 혼자 나갔는데 상대는 세탁소 처형 내외, 큰처남이 된 아내의 오빠 그리고 아내 이렇게 대가족이 나온 게 아닌가. 조금은 부담스러웠지만 나는 솔직하게 말했다. 가진 것은 없지만 열심히 살아갈 자신은 있다고 밝혔다. 다행히도 큰 처형은 먼저 결혼을 하게 되면 날은 언제쯤이 좋겠냐고 화끈하게 말했을 정도로 선보는 자리의 분위기는 의외로 좋았다. 아내의 얼굴을 본 순간 온순한 시골여인의 이미지가 돋보여 나 역시 다시 만나보고 싶다는 생각을 가졌다.

하지만 우리의 관계는 쉽게 가까워지지 않았다. 선을 본 후로 두어 번 만나 차를 마시고 대화를 나누던 중 어느 날 처가에 전화를 걸었는데 그때 아내는 내 자존심에 충격을 주었다. 조카가 전화를 받아 고모를 바꿔달라고 했는데 수화기 속으로 들려오는 말이 "없다고 그래라."는 말이었다. "돈이 많이 없을 뿐이지 나도 부족한 것이 없는 놈인데 어떻게 이런 식으로 전화를 거절할까."라는 생각이 들어 불쾌했다. 결혼 후에야 아내에게 털어놓았지만 맞선을 본 숫자로 따지면 아내는 스물네 번째 여자였다. 여자의 얼굴을 고르느라 그랬던 것은 아니다. 약속시간을 단 1분이라도 어기면 나는 기다려 주지 않는 칼 같은 성격이 적잖은 영향을 미쳤다. 그렇게 나 나름대로는 대단한 나 였었다.

물론 나 역시도 후에 알게 된 사실이지만 아내는 당시 반월 공단에 근무하는 한 남자로부터 프로포즈를 받아 두 남자 사이에서 갈등을 느끼고 있던 중이었다. 그러니 우선 당장 여자로서는 나의 외모가 자신이 좋아하는 이상형이었지만 돈 없는 남자한테 시집가서 고생할 것 같으니 선뜻 다가서지 못하고 있었던 것이었다.

그 후로 시간이 조금 흐른 어느 날, 사무실로 편지 한 통이 도착했다. 지난 번 통화를 거절한 것에 대한 미안하다는 말과 한번 만나고 싶다는 내용이었다. 하지만 나는 거절했다. 그때 근무처는 영등포 당산 전화국이었다. 그러자 아내는 오기가 발동했는지 회사 정문에 와서 전화를 걸기에 이르렀다. 그래도 나는 두 번을 거절하고 그때마다 후문으로 나가 퇴근을 하곤 했다. 다시 세 번째 전화가 오던 날, 그 날은 나도 마음을 바꿔 먹고 아내를 만났다.

만나자마자 내가 아내를 데리고 간 곳은 인근 허름한 식당이었다. 의자에 앉자마자 나는 소주 한병을 시켰고 곧장 물 컵으로 두 컵을 연속 들이켰다. 그리고 말했다.

"오늘 결정하시오. 결혼을 할 것인지 말 것인지?"

아내는 잔뜩 긴장해 있는 눈치였다. 나는 전에 불쾌했던 감정을 보기 좋게 복수한다는 마음과 그것을 미끼로 아내로 하여금 결정을 내도록 유도하려는 하나의 '작전'이었던 것이다. 결국 그 식당에서 아내는 나에게 결혼을 약속했고 우리는 저녁을 먹은 후 거리로 나왔다. 그날은 첫눈이 오는 초겨울 밤이었다. 가로등불 아래로 흩날리는 눈을 맞으면서 함께 걷는 기분은 너무도 좋았다. 아내의 집까지 바래다 주기 위해 우리는 화곡동까지 함께 갔다.

사람 욕심이 하나 가지면 하나 더 갖고 싶다는 말이 꼭 맞았다. 결혼 약속까지 했는데 눈오는 분위기 좋은 밤 어여쁜 색시감을 그냥 집에 보내고 싶지가 않았다. 드디어 나는 작업에 들어갔다. 화곡동에 도착하자마자 곧장 여관을 향했다. 아내에게는 혼자 사는 사람이니 여관에서 하룻밤 자도 상관없고 당장 헤어지기 싫어서 얘기라도 더 하고 싶다고 말을 둘러댔다.

아내는 순진했다. 누가 볼까 봐 좌우로 앞뒤로 쳐다보면서도 하는 수 없이 나의 뒤를 따랐다. 그리고 우리는 그날 서로의 사랑을 확인했다. 그 깊이가 어디까지였는지는 차마 누구에게도 말할 수 없는 우리 부부만의 비밀이다.

이렇게 하여 이듬해 4월 5일 우리는 결혼식을 올렸다. 가끔씩 장난기가 발동하면 나는 옛날 일을 기억하면서 "반월하고 결혼했으면 당신 얼굴이 반달이었을 텐데 나하고 결혼해서 둥근 달이 된 것 아니냐"라고.

단칸 월셋방에서의 신혼생활

식목일은 우리 가정에게 아주
소중한 날이다. 산에 나무를 심듯 우리 부부는 가정이라는 한 울타
리에 우리 두 사람을 심었기 때문이다. 그리고 그 곳에서 세 딸을
탄생시키는 시발점이 된 날이다.

한국통신 공중전화에 입사한 지 1년이 다 되어갈 무렵 공중전화
로 인해 아내를 만나게 되었고 그리고 다시 5개월 후에는 결혼을
하게 된 것이다.

참한 아내를 데려온 것은 잘한 일이었지만 아내를 행복하게 해줄
수 있는 경제적 여건은 준비되어 있지 않은 상황이었다. 큰 돈 모아
놓은 것도 없었거니와 그렇다고 누구의 도움을 받을 수 있는 처지
도 아니었던 것이다. 그때 어머니와 형님이 각각 10만원씩 결혼비
용에 보태라고 주셨던 것 같다. 그것도 나로서는 감사해야 할 일이
었다.

부모님은 여유가 조금도 없는 가운데서도 고등학교까지 졸업시

켜 건강하게 키워주셨으니 할 일 다 하신 거였고, 형님은 오히려 동생들 학비 보태주느라 정작 자신은 공부도 제대로 못하였으니 동생 결혼에 작은 돈이나마 또 주시는 것이 오히려 나로서는 미안함을 갖게 했다. 하지만 아내 입장에서 생각하면 적잖게 서운했을 것이다. 남들처럼 다이아 반지도 못해 주고 집도 단칸 월세부터 시작해야 했으니 남자 하나만 믿고 시집오기에는 여러모로 갈등도 컸을 터였다.

　아내의 심정을 모르는 바보는 아니었기에 나는 아내에게 앞날을 기대해 달라고 말했다. 그리고 그 약속을 지키기 위해 열심히 직장생활을 했다.

　화곡 5동 300만원짜리 단칸 셋방은 우리의 첫 보금자리였다. 서로 밝은 미래를 약속하고 한동안 자리가 잡히기까지는 고생할 각오를 한 터이니 찬이 없고 비싼 외식을 하지 않아도 우리는 행복했다. 서로 싸우는 일이란 없었다. 아내의 성격이 워낙 조신하고 차분해서 나무랄 데가 없는 데다 나 역시 성격이 밝고 강하긴 하지만 사소한 일로 화내는 성격은 아니었다.

　곰 같은 신랑이기보다는 잘 웃고 잘 떠들면서 알콩달콩 재미 있게 살아보자는 남자였기에 때로는 친구처럼 때로는 오빠처럼 그렇게 아내를 즐겁게 해주며 살았던 것 같다. 다행히도 처가가 근처에 있어서 여러모로 도움을 많이 받았고 가까이 있던 만큼 처가일이라면 팔 걷어 붙이고 나서는 사위가 되고자 노력도 했다.

　시작이 조금 어려웠을 뿐 직장에서 받는 보수는 우리 가족이 먹고 살기에 부족함은 없었다. 오히려 월급의 절반은 매월 적금통장에 부으면서 살았다. 그 시절이 어렵긴 했지만 지금 생각하면 참 좋았던 거 같다.

자전거 처음 타던 날 – 하늘로 날아갈 것 같았던 소년

내 고향은 전북 김제군 황산면 고잔이라는 농촌이다. 농사거리도 없는 집안에서 6남매 둘째 아들로 태어났으니 가난이란 것은 어쩌면 당연한 일로 받아들이며 유년기와 청소년기를 보낸 것 같다. 고등학교 졸업할 때까지 쌀밥 구경을 거의 못하고 사는 정도였으니 구구절절 설명하지 않아도 그림이 펼쳐지는 것이다. 그런데도 어렵고 힘들었던 그 시절이 늘 그리운 것은 나란 사람이 도시에서 살아도 시골을 잊지 못하는 영원한 촌놈이라서 그런가 보다.

시골출신의 사람들이 대부분 그랬듯이 나는 중학교 때부터 8키로 미터나 떨어진 읍네로 통학을 해야 했다. 그때 빠른 걸음으로 걸어도 1시간 20분 정도가 걸렸으니 하루 3시간은 걸어다닌 셈이다. 아마도 지금 내가 건강한 것은 그 시절 열심히 걸었기에 체력이 자연스럽게 쌓여진 것이라는 생각도 든다.

지금이야 비포장 도로를 걷던 그 시절이 그립기도 하지만 당시는 그다지 유쾌한 일이 아니었다. 중학교 3년, 고등학교 2년 그렇게 꼬박 5년을 비가 오나 눈이 오나 걸어서 다녀야만 했으니 체력이 왕성해지는 청소년기였지만 짜증도 나고 피곤에 지치면 공부도 하기 싫어지곤 했다. 더운 여름 걸어서 학교에까지 가면 하복의 등 부분은 온통 땀으로 젖었고 한 겨울 새벽 밥 먹고 걸어가는 들판 길은 그야말로 코를 베어 갈 것 같은 매서운 바람과의 전쟁 그 자체였다. 두세 정거장도 버스를 타고 다니는 요즘 아이들에게는 상상이 가지 않는 일이었다.

여러모로 학교 다니기 어려운 환경이었지만 큰형과 누나가 가난 때문에 공부를 다 하지 못하고 이른 나이에 객지생활을 하며 돈을 벌어 보내준 덕에 그나마 나는 고등학교까지 다닐 수 있었던 것을 행복하게 생각해야 하는 입장이었다. 지능지수가 높지 않은 편인데도 나는 암기에 있어서는 누구 못지 않게 잘하는 편이어서 고등학교 때는 영농장학생이 되어 등록금 혜택을 받은 것도 내가 무사히 고등학교를 마칠 수 있었던 이유 중 하나다. 등록금 다 내고 다녔다면 아마도 도중에 중퇴했을 만큼 우리 집 경제력은 아주 미약했다. 특히 중학교 때 빚 때문에 땅 여섯 마지기를 남에게 넘겨 주고 난 후로는 지독하게도 힘들었던 것 같다.

이런 상황에서 걸어서 학교다니는 것이 싫다고 투정을 한다는 것은 있을 수도 없는 일이었다. 오히려 저녁에 공부를 하다 보면 낮에 힘들게 일한 탓에 주무시면서도 끙끙 앓는 소리를 하시는 부모님들을 보면서 가슴이 아파오곤 했다.

그렇게 학교를 겨우 다니면서 고등학교 3학년이 되었다. 그때까지 내가 살아온 중에서 가장 행복한 날이 어느 날 갑자기 다가왔다. 어머니는 늘 걸어 다니는 내가 안되어 보였는지 자전거를 사주신 거였다.

없는 집에서 자전거 한 대 사준다는 것은 쉽지 않은 일이었다. 동네 아이들 중에서도 나처럼 걸어서 다니는 아이들이 여럿 있었으니 나로서는 꿈을 꾼 것 같은 착각이 들 정도로 가슴 벅차고 하늘을 날아갈 것 같은 기분이 아닐 수 없었다. 철이 없었던 걸까. 지금 생각하면 이런 생각도 든다. 그 자전거 한 대를 사주시기 위해 부모님들은 허리띠를 얼마나 졸라 매셨을까? 그런데 그때는 그런 생각보다는 눈앞의 자전거에만 신이 나 있었다. 그러나 또 한편으로는 지금이야 신문을 구독해도 경품으로 지급받는 아무것도 아닌 자전거 한 대지만 그 시절에는 자전거가 스포츠 카 만큼이나 농촌의 10대 소년들에게는 큰 선물이었던 것이다.

시골에서의 성장기 시절을 뒤돌아보면 잊을 수 없는 추억들이 참 많았다. 그런 추억들을 그리워하면서도 늘 가슴이 아린 것은 부모님과 형 그리고 누나들에 대한 죄스러움과 고마움이다. 드시고 싶은 음식 한번 제대로 못 드시면서 6남매 키우느라 고생만 하신 부모님들 그리고 초등학교 졸업 후 곧장 도시로 나가 동생들 뒷바라지를 위해 돈을 벌어야했던 형과 누나.

  직장생활을 하면서 그래도 좀 여유가 있던 시절에는 홀로 계신 어머님이나 형 동생들에게 조금이라도 내 것 나눠주며 살았는데 주식으로 무너진 후로는 마음만 굴뚝 같을 뿐 그렇게 하지 못하니 가슴만 아플 뿐이다. 매월 아들 3형제가 5만원씩 어머님께 보내드리던 용돈도 최근에는 2년 넘게 보내 드리지 못했던 것 같다. 그러니 나는 죄인이라는 생각밖에 들지 않는다. 이제부터라도 '불효자는 웁니다' 라는 노래를 부르며 눈물을 쏟는 일 없이 어머님께 더 잘 해드려야겠다는 다짐이 오늘도 머릿속에만 가득하다.

아버지, 쥐 고기를 구워주시다

나는 건강한 편이다.

헬스클럽에 나가 특별히 운동을 하지도 않았고 수영이나 조깅과 같은 운동으로 체력을 단련하고자 노력을 기울이지도 않았다. 하지만 감기는 몇 년에 한번 걸릴까 말까이고 설령 걸려도 하룻 밤 자고 나면 없어지곤 한다.

조금은 마른 것처럼 보이기도 하지만 군살 하나 없어 같은 또래의 친구들을 만나면 '날렵한 제비'라는 소리를 들을 정도로 몸이 가볍다.

사람들이 건강하다는 말을 건넬 때마다 나는 '이게 다 저희 아버님 덕입니다'라고 말하곤 한다. 아버님이 세상을 떠나신 지 벌써 20여 년이 흘렀으니 어떤 이들은 돌아가신 아버지가 자식 건강까지 챙겨주냐며 농담하지 말라는 뜻을 비추지만 어찌 됐든 나는 내가 건강하게 살고 있는 것은 아버지 때문이라고 믿는다.

나는 6남매의 셋째로 태어났다. 60~70년대 아이들은 많고 농사

지을 만한 내 땅 한 평 없는 빈농의 가정이 바로 우리 집이었다. 때문에 봄 여름에는 부모님이 남의 집 일을 해서 자식들을 먹여 살렸다. 예전만 해도 농촌의 겨울은 마땅히 일거리가 없어 어머니는 겨울이 되면 대도시 남의 집에 가서 가정부 생활을 하다 봄이 되면 다시 집으로 오시곤 했다. 굳이 말을 하지 않아도 가난이라는 것이 어떤 것인가를 나는 피부로 느꼈다.

하지만 우리 아버님 같은 분이 또 계실까 싶다. 어머님이 도시로 일하러 가신 겨울철이면 직접 부엌에 들어가 손수 밥을 지어 자식들을 키웠다. 당시로서는 홀아비가 아닌 이상 남자들이 부엌을 쉽게 드나들지 않던 시절이었고 나이가 열 댓살 넘어 충분히 밥을 지어먹을 만한 자식들이 있으니 굳이 그렇게 하지 않아도 되었다. 하지만 아버지는 달랐다. 밥은 직접 지으시고 설거지는 우리들에게 서로 번갈아 가면서 하게 했다. 아버지가 밥을 짓고 계시면 나는 아궁이에 불을 때고는 했다.

그런데 언제부터인가 아버지는 불씨가 빨갛게 살아 있는 아궁이에 작은 고기를 구워서 나에게 주시곤 했다. 고기는 아주 쫄깃쫄깃했고 고기를 1년에 한두 번 먹는 게 고작이었던 나에게는 엄청난 기쁨이었다. 초등학생이었던 나는 처음에는 그 고기가 무슨 고기인지도 모르고 받아 먹기만 했다. 그러나 나중에 알고 보니 그것은 쥐였다. 시골 쥐들은 겨울이 되면 곳간을 드나들며 배를 두둑히 채웠던 터라 작긴 하지만 살이 제법 붙어 있었다.

한창 잘 먹고 커야할 자식들에게 이렇게 해서라도 영양보충을 해주고 싶으셨던 것 같다. 아버지는 유독 나에게만은 이런 저런 고기들을 수시로 구워 주시곤 했다. 한겨울에는 개구리를 잡아다 요리를 만들어 주시고 정확히 알 수 없는 것이지만 농촌에서 주인 없이 나돌아 다니는 작은 날짐승들을 잡아서 구워 주시곤 했다.

아버지는 키 1미터 75센티에 몸무게가 80키로는 족히 나갈 분이었으니 예전 사람 치고는 체격이 장군감인 그런 분이셨다. 외모는 매우 남자다웠지만 의외로 말수가 없으시고 매사에 자상하신 분이었다. 추운 겨울 날 자식들을 위해 손수 밥을 지으시는 아버지 곁에 붙어 앉아 아궁이에서 맛있게 구워낸 쥐고기를 먹던 어린 시절.

가끔씩은 그 시절로 다시 돌아갈 수 있다면 얼마나 좋을까 하면서 아버지를 그리워하곤 한다.

아버지의 그런 자상함 때문일까? 나는 세 딸들과 많은 대화를 나눈다. 가부장적인 환경 하에서의 권위주의적인 아버지이기보다는 어떤 문제든지 서로 대화로 풀어갈 수 있는 친근한 아빠가 되어 주고 있다.

막걸리 한잔 나누며 벌린 입영 파티

20~30년 전만 해도 군대를 간다는 것은 남자에게 있어 매우 중요한 일이었다. 구타가 있던 시절이었고 지금과는 비교할 수 없을 정도로 군 환경이 열악했던 때이기에 군 입대는 36개월 꼬박 3년간을 고생하러 간다는 의미로만 비춰지던 때였다.

물론 모든 환경이 크게 좋아진 요즘도 군대는 특별한 곳이라고 생각하여 자식들을 군에 보내지 않으려는 부모들이 적지 않다. 불과 2~3년 전 일부 부유층이나 힘 있는 사람들이 돈으로 자식들을 빼돌리는 사례가 드러나 사회적 물의를 빚지 않았는가. 그 뿐만이 아니다. 아예 일찍 유학을 보내 외국 영주권을 얻게 하는 방법으로 자식의 군 문제를 해결하려는 이들도 많다고 한다. 내 자식은 빼돌리고 돈 없고 힘 없는 남의 자식만 군대가서 이 나라 지키라고 누가 시켰는가? 양심이 있는 사람들이라면 그렇게는 못할 것이다. 참으로 한심한 사람들이 아닐 수 없다.

아마도 이 세상 모든 아버지들이 우리 아버지만 같았다면 그런 일은 없을 것이다.

고등학교를 졸업하고 인천에서 잠시 직장을 다니다가 입영통지서를 받았다. 전주 35사단은 집에서 멀지 않은 곳이었으므로 아침밥을 집에서 먹고 출발을 하기로 했다. 먼 길 떠나는 아들을 위해 어머님은 상다리가 휘어질 만큼 많은 음식을 준비하셨다.

대다수의 사람들이 군대를 간다고 하면 보내는 이는 아쉬움과 걱정 어린 시선을 보내기 마련이고 가는 사람은 억지로 할 수 없이 가는 씁쓸하고 내키지 않는 인상을 남기고 떠나곤 한다. 하지만 나는 특별히 걱정도 하지 않았고 가기 싫은 기분도 없었다. 그저 당연히 한번쯤은 누구나 가는 곳이니 만큼 갔다 온다는 그런 생각이었다. 아니 오히려 조금은 묘한 호기심도 있었다. 팔도에서 몰려든 것 같은 또래의 아이들과 만나서 함께 생활한다는 것은 세상을 알지 못한 나에게 오히려 신선한 기회로 여겨졌다. 또 건강한 내 체력을 시험해 보는 계기도 될 거라는 생각도 했다. 때문에 마음이 편했다.

아침밥을 잘 먹고 시간이 조금 여유가 있었다. 나는 당시 윤항기의 '장미빛 스카프'를 즐겨 부르곤 했기에 떠나기 전에 노래나 한 곡 듣겠다고 레코드를 켰다.

그런데 나에게는 평생 잊을 수 없는 당시 생각지도 못했던 화려한 파티가 날 기다리고 있었다. 아버지께서 막걸리에 안주상을 준비해 놓고 나를 부르시는 것이었다.

"군대라고 특별한 곳이 아니다. 나도 갔다왔지만 남자라면 한번쯤 가볼 만한 곳이니 몸 건강히 잘 다녀와라."

이런 몇 가지 조언을 해주시면서 아버지는 막걸리 잔을 건넸다. 아버지는 평소 애주가이셨지만 그때까지만 해도 내게 술잔을 건네주신 적은 없었다. 한편으로 아버지가 이제서야 어른으로 인정을 해준다는 생각에 뿌듯했고 또 한편으로는 우리 아버지야말로 정말 멋진 분이라는 생각이 들었다. 요즘 사고가 자유로운 젊은 아버지도 아닌데 자식을 위해 막걸리 파티를 준비하셨으니 말이다.

더욱더 기분 좋았던 것은 내가 좋아하는 음악을 들으면서 아버지와 함께 건배를 했다는 것이다. 그리고 아버지는 전주 35사단까지 나를 데려다 주셨다.

우리 마을에 함께 군대가는 친구들이 몇몇 있었는데 다들 우울한 얼굴이었고 친구들의 어머님들은 한결같이 눈물을 훔치는 모습이 보였다. 하지만 우리 가족은 그 누구도 우는 사람이 없었다. 물론 어머님 마음이야 내심 걱정스럽고 편치 않으셨겠지만 아버지의 막걸리 파티로 인해 우리 가족과 나는 편안한 마음으로 작별인사를 할 수 있었다.

사람이 좋다

한국통신 공중전화에 근무하던 시절 나는 아주 소중한 재산을 얻었다. 바로 사람이다. 많은 사람들을 만났었고 누구 하나 특별히 나쁜 감정으로 남은 사람 없으니 그것만으로도 복인데 평생 잊을 수 없는 영원한 후배들 두 명을 만난 것은 그야말로 재산을 얻은 것이나 다름없다는 생각이 든다.

조명배와 유기영 이 두 사람이 그들이다. 함께 직장생활을 하던 시절 당구도 치고 술도 마시고 노래방도 가고 그렇게 즐겁게 어울렸지만 그 보다도 더 소중한 것은 서로에게 큰 힘이 되어 준 사람들이고 우리 남자들만이 아니라 가족들까지 함께 공유하는 아주 절친한 인간관계를 유지했다는 점이다.

우리는 부부동반해서 산으로 들로 놀러도 많이 다녔다. 서로 각각 다른 인생을 살았던 사람들이 어른이 되어 직장에서 만났으니 때로는 견해도 다르고 좋아하는 취향도 제각각이었을 것이다. 하지만 우리 셋은 서로 상대의 입장과 생각에 맞춰 주려고 노력했고 무슨 일이든 함께 의논하며 도와가면서 지냈다.

둘 다 내게는 나이 차이가 나는 동생들이었지만 서로 불편함 없이 잘 어울렸다. 오죽하면 명배의 친형이 나를 만나면 "명배는 나보다 민영 씨를 더 좋아하는 거 같습니다."라고 말할 정도였으니까.

명배는 한없이 착하고 기영이는 한없이 퍼주는 스타일이다. 나이는 비록 나보다 어리지만 속은 아주 깊은 그런 동생들이다.

언젠가 한번 누군가 직장을 그만두겠다는 얘기가 나왔을 때는 절대 그래서는 안 된다고 밤새워 소주잔 기울이며 달래서 다시 직장생활에 충실할 수 있도록 돕기도 했고 서로 가정에 무슨 일이 있으면 자신들의 일로 여기고 어려운 일, 기쁜 일을 함께 했다. 그러니여름휴가가 되면 부부동반해서 휴가를 떠나는 것은 아예 정해진 일이 되기도 했다.

우리는 지금도 일주일 멀다 하고 서로 연락을 하고 만난다. 내가 저녁에 장사를 하지 않는다면 더 자주 만났을 일이다. 호떡 장사를 하고 있으니 어쩔 수 없어 예전처럼 수시로 보지는 못하지만 마음만 먹으면 언제든지 서로 만날 수 있는 그런 돈독한 인간관계다.

서로 가깝다 보니 누군가 돈이 필요하다고 하면 자기들이 가진것 다 퍼주고도 남을 만한 사람들이다. 서로에 대한 신뢰가 그만큼 깊은 것이다. 내가 팥으로 메주를 쑨다 해도 믿어줄 그런 사람들이다. 늘 생각하지만 두 동생들을 만난 것은 행운이라고 생각한다.

객지 생활을 하면서 만난 사람들과 이렇게 허물없이 가깝게 지낼 수 있는 것은 쉽지 않은 일이다. 돈보다 더 중요한 것이 바로 사람이다. 돈이야 기회가 주어질 때 얼마든지 많이 벌 수도 있는 것이고 최소한 땀흘리면 그만한 대가는 주어진다. 하지만 사람이란 찾는다고 해서 찾아지는 게 아니다. 인연이란 것이 있기 때문에 만나게 되는 것이다.

이 세상 많고 많은 사람들 중에 이렇게 우리가 만나 형제처럼 지내며 함께 웃을 수 있는 것은 하늘이 맺어 준 인연이다. 가장 큰 형인 내가 여러 면에서 모범을 보여야 하는데 한때 주식으로 못난 모습을 보여 준 것 같아 그것이 늘 마음에 걸린다.

"사랑하는 동생들아, 너희는 내 가족이고 내 재산이라는 것을 알고 있지. 우리 건강하게 그리고 오래오래 인생을 함께 하자."

KT 링커스 사람들

직장을 그만둔 지 2년이 넘게 지났지만 나는 전 직장 사람들과의 자주 만나곤 한다. 그리고 마치 내가 아직도 재직하고 있는 것 같은 착각을 하곤 한다.

"거시기 그 누구더라. 그 사람은 잘 있어."

"텔레캅은 요즘 어때. 잘 되고 있는 거지?"

"그래 역시 우리 회사만 한 데가 없지."

자그마치 17년을 근무했으니 내 젊은 시절은 한국통신 공중전화에서 보낸 셈이다. 지금은 KT 링커스로 이름이 바뀌었지만 나는 내 직장의 모든 것에 만족하면서 일했다.

공중전화 관리직원으로 일할 때 나는 그 일이 즐거웠었다. 내가 담당하고 있는 지역의 공중전화를 일일이 점검하고 돈을 수거하며 고장이 난 것은 직접 수리를 하면서 공중전화는 단순히 전화가 아닌 우리 직원 중 한 사람이나 다름없다는 생각을 했다. 거리에 홀로 서서 열심히 돈 벌어주는 우리 회사를 대표하는 현장일꾼이었다.

요즘도 인근의 공중전화를 쳐다보면서 지나간 시절들을 기억할 때가 많다.

한 가지 아쉬운 것은 공중전화가 예전처럼 사람들에게 사랑을 받고 있지 못한다는 것이다. 애고 어른이고 할 것 없이 핸드폰을 갖고 생활하니 공중전화 사용률 또한 예전에 비하면 훨씬 낮은 수치일 것이다.

십 원짜리 동전을 넣고 친구에게 가족에게 전화를 걸었던 그 시절 우리는 동영상이 되고 카메라 기능, 인터넷 기능까지 수행하는 핸드폰은 생각지도 못했었다. 공중전화가 있다는 것 자체만으로도

△ KT 링커스에서 같이 근무했던 조명배와 나성진은 나의 재산과 같은 사람들이다

누군가의 목소리를 들을 수 있다는 작은 행복이 있었다. 그 때문일까. 공중전화를 바라보는 나의 시선은 오래된 친구 같은 느낌 그 자체다.

　현재 재직하고 있는 직원들을 만나면서 회사의 근황을 수시로 듣게 된다. 공중전화의 이용률이 줄어들자 최근에는 무인방범시스템인 '텔레캅'에 전력투구하는 것으로 알고 있다. 텔레캅은 그 시스템이 전화회선으로 연결되어 있어 낯선 침입자가 포착되면 곧장 일선 파출소와 회사측에 동시에 정보가 감지되어 보다 완벽한 방범시스템이 되고 있다고 한다.

△ 호떡집에서 KT 링커스 텔레캅 옷을 입고 있는 모습

나는 이미 퇴사한 직원임에도 불구하고 가끔씩 고객들이나 주변 사람들 입에서 KT 링커스 얘기만 나오면 호떡타는 것도 잊은 채 맞장구를 치면서 자랑을 늘어놓기도 한다. 내가 사랑하는 후배들과 존경했던 선배들이 아직도 재직중이어서인지 회사에 대해 내가 갖는 애정은 각별하기만 하다.

재직시절 함께 일했던 많은 얼굴들을 떠올릴 때마다 '좋은 사람들' 이라는 생각을 갖는다. 특별히 욕심이 많아 제 몫만 챙기거나 근무중 꾀를 부리는 사람은 없었다. 대다수의 사람들이 순수했고 정이 깊었다. 내가 지금도 그들과 삼겹살을 먹으면서 옛 추억을 말할 수 있는 것도 그런 이유 때문일 것이다.

자신이 떠나온 직장을 그리워하고 잘 되길 바라는 마음을 갖는 것은 행복한 일이다. 그리고 나는 생각한다. 이동통신 기기가 제아무리 뛰어난 기능을 발휘한다 해도 공중전화는 영원할 것이라고. 아니 어쩌면 공중전화가 다시 대중의 인기를 되찾는 날이 올 것이라고 그렇게 기대한다.

6부

호떡장사
김민영이 본 세상

직장인들여, 불의 철학을 아는가?

'윗물이 맑아야 아랫물도 맑다'

는 말을 구태여 직장에서 논하는 사람이라면 한번쯤 자신이 제대로 된 직장관을 가지고 있는지에 대해 깊히 생각을 해볼 필요가 있다. 그리고 자신은 회사에서 월급받는 것 이상으로 회사에게 도움이 되는 사람인가를 스스로에게 물어보아야 한다.

이런 사람의 경우 대다수가 "상사가 저런데 밑의 사람이 잘하면 뭐해."라는 말을 앞세우곤 한다. 퇴근 후 아랫직원이나 동료들끼리 어울려 술 한잔 마시면서 사장부터 시작해 전무, 부장, 과장, 차장 돌아가며 안주삼아 씹어대기 일수다.

"우리 사장님 말이야, 어제도 골프 치러 가던데, 정 부장은 허구헌날 접대 있다고 일찍 퇴근하더라. 아이구 김차장은 어떻구. 그 인간은 자기만 잘났다지. 화장실에 담배꽁초 버린 것까지 사사건건 간섭을 한다니까. 에이구, 대체 윗사람이라는 인간들이 하나같이 맘에 안들어."

만일 내가 기업의 사장인데 이런 직원들이 있다고 하면 두말할 나위 없이 당장 해고다. 아무것도 모르는 신입사원 데려다 가르치고 먹이고 해서 경력사원으로 만들어 주고 대우를 해주었더니 고작 한다는 짓이 상사들 욕이나 하고 다닌다면 그런 사람은 기업의 살을 갉아먹는 해충일 뿐이다.

그런데 의외로 이런 직장인들이 많다. 간혹 퇴근 길 우리 호떡가게 들려 호떡 하나씩 먹으면서 이런 류의 불평, 불만을 늘어 놓는 사람들도 있다. 회사나 상사에 대한 불만 떠들고 다니는 것은 결국 제 얼굴에 침 뱉는 격이다.

직장생활을 한국통신 공중전화에서 17년 정도 한 나로서는 "직장이란 내가 아끼고 사랑하고 내가 가진 열정을 쏟아야 한다."는 생각으로 일했다. 내가 재직하는 회사가 문을 닫으면 결국 내 가정의 생계도 어려워지고 나 자신도 설 자리가 없어지는 것이다. 때문에 가족들에게는 미안한 일이었지만 가정보다는 직장이 우선이라는 생각을 갖고 일했었다.

일본사람들을 두고 직장만 아는 일벌레들이라고 말하지만 나는 그렇게 일하는 직장인들이 있었기에 일본의 기업들이 세계적인 기업이 되고 기술대국이 될 수 있었던 게 아니냐는 생각을 하곤 한다.

자신이 다니는 회사 욕해야 자기 얼굴에 침뱉기다. 또 절이 싫은면 중이 떠나면 그만이지 절밥 먹으면서 왜 불평 불만만 늘어 놓는가. 이치상으로도 말이 안 되는 것이다.

회사에 문제점이 있고 무엇인가 잘못된 부분이 있다면 그런 것은 개선이 될 수 있도록 정당하게 건의를 하고 자기 스스로도 잘못한 것은 없는지 생각을 하면서 열심히 일한다면 문제는 해결될 것이다. 열심히 일하는 직원이 개선책을 내놓았을 때는 설령 그것이 적합하지 않은 것일지라도 윗사람들은 적절히 수용하면서 새로운 개선책을 내놓을 것이다. 대체적으로 자신이 있는 직장에 불만이 많은 사람들 중에는 자기 일에 최선을 다하지 않는 사람들이 많은 편이다.

직장에서 자신의 능력을 발휘하고 열심히 일할 나이인 20~30대 직장인들에게 나는 이런 말을 해주고 싶다. '물의 철학' 이 아닌 '불의 철학' 을 되새겨 보라고.

불씨 하나가 살아나 사방으로 그 힘이 뻗치기 시작하면 순식간에 불씨의 위력이 나타난다. 이는 다시 말해 직원 한 사람이 획기적인 아이디어를 내놓았을 때 그 파급 효과는 직원 100명을 먹여 살리는 힘을 가질 수 있다는 것이다. 또 어떤 일이든 회사에 도움이 될 수 있는 일을 자신이라도 솔선수범하여 한다면 언젠가는 그것이 전직원으로 확산되어 엄청난 효과를 가져올 수 있지 않을까.

사내에서는 불필요한 사적인 전화는 하지 않기, 복사기 이용시에는 보고서가 아닌 다음에야 이면지를 적극 활용하기, 구내식당 식사시 밥이나 반찬 안 남기기, 1회용 컵 사용하지 않기 등등 작은 것이지만 누군가 나서서 모범적인 모습을 보이고 그것이 전직원으로 확산된다면 기업은 그만큼의 경비를 절약할 수 있고 그 결과는 사원복지로 이어질 것이다.

　회사가 나에게 무엇을 해줄 것인가 기대만 하지 말고 나는 회사를 위해 무엇을 할 것인가를 생각하여야 한다.

　일례로 나는 직장생활시 100만원을 벌면 거기서 5%는 회사를 위해 써야 한다는 생각을 갖고 생활했다. 물론 자신의 월급은 자신과 가정을 위해 사용하는 게 당연한 일이겠지만 형편이 어려운 직원이나 고민거리가 많은 직원에게 그 5%로 밥 한끼라도 먼저 사고 위로해주는 데 사용한다면 언젠가는 그만큼 자신의 몫으로 돌아오기 마련이다.

　어떻게 하면 영수증 하나라도 더 만들어 지출 경비를 더 받아낼 수 있을까, 내 일을 조금이라도 줄이고 그 무게를 아랫사람에게 넘겨줄 것인가를 생각하는 순간 그는 이미 성공하는 직장인의 길과는 반대로 가는 길이 될 것이다.

　지금 내가 비록 호떡을 굽는 호떡집 주인이 되어 있지만 직장생활을 할 때는 누구 못지 않게 최선을 다했다는 것에 한 점 부끄러움이 없다. 또 내가 재직했던 직장이 나로 하여금 올바른 직장관을 갖고 일할 수 있도록 해준 것에 대해 지금도 감사하는 마음을 갖고 있다.

직장생활의 선배로서 한마디 건네건대, "젊은 직장인들이여 철새처럼 떠돌아 다니거나 자기만의 사리사욕에 눈 멀지 말고 자기 자신을 위하여 장인 정신을 갖고 직장생활에 최선을 다하십시오."라고 전하고 싶다.

1회용품 못 만들 게 하면 안 쓸 것 아니오

'병 주고 약 준다'는 말이 있
다. 요즘 같으면 약이라도 주면 다행이라는 생각이 든다. 어떤 문제
가 발생하는 것에 대한 근본적인 원인을 찾아 그것을 사전에 방지
할 생각은 하지 않고 무작정 규제만 하려는 우리 행정이 그렇다. 때
문에 호떡 장사 이전에 이 나라 국민의 한 사람으로서 하고 싶은 말
이 있다. 그 중 하나가 1회용품이다.

한때 규제가 심해지면서 목욕탕을 비롯해 대중 업소에서 1회용품
취급이 철저하게 제한된 적이 있다. 그러나 최근에는 규제를 하지
않는 것인지 아니면 포기상태인지 곳곳에서 1회용품 사용이 난무
하고 있는 상황이다.

올 초 광화문의 한 음식점에 간 적이 있다. 광화문은 정부 청사가
지척에 있는 데다 청와대도 가까이 있으니 업소에 대한 행정관리가
다른 지역에 비해 보다 잘 이루어질 것이라는 게 나의 생각이었다.
그러나 이건 그 반대였다.

음식을 먹고 화장실을 갔더니 세면대 앞에는 1회용 칫솔이 수북히 쌓여 있었다. 사우나에서 무료로 지급해 주던 1회용 칫솔이 자취를 감추었다가 최근에는 꼭 필요한 사람에게만 200원씩 받으며 판매하고 있는 상황이다. 그런데 어떻게 그것도 음식점에서 배짱좋게 서비스 용품으로 칫솔을 준비해 놓았는지 이해가 되질 않는다.

그 음식점에 정부 관계 공무원들이 오지 않을 리가 없는 데도 말이다. 하지만 그보다도 더 화가 나는 것은 말로만 환경이 중요하다 떠들어 대면서 과연 환경을 위한 정책이 얼마나 잘 이루어지고 있는가이다.

환경정책은 21세기 세계 모든 국가들이 초미의 관심을 보이고 있는 코드 중 하나다. 100년 후 500년 후 후손들에게 물려줄 가장 중요한 유산이 바로 환경이기 때문이다.

일본 동경의 어느 구에서는 거리에서 흡연을 하면 비싼 벌금을 내야 하며 싱가포르 거리에서 껌을 씹다가 아무 곳에나 뱉으면 마찬가지로 벌금을 내야한다. 호주 시드니에서는 자기 집의 나무 한 그루도 마음대로 베어낼 수가 없다. 어떤 이유에서든지 나무를 제거해야 한다면 시 관련 부서에 통보한 후 허락을 받아야만 가능하다는 것이다.

선진 외국의 경우 이렇게까지 강력하게 환경정책을 펴고 있는데 대한민국 수도 중심부인 광화문 음식점에서 어떻게 1회용 칫솔을 버젓이 사용하게 하는 건지 도무지 이해가 되지 않는 일이다.

요즘 생활쓰레기를 보면 한숨이 나올 정도로 줄어들기는커녕 갈수록 늘어나는 추세이며 1회용품 또한 그 가지 수가 늘어만 가지 줄어들 기미는 보이지 않고 있다. 1회용품 중에는 다른 것으로 얼마든지 대처가 가능하거나 현실적으로 국민들이 불편을 조금만 감수하면 충분히 없앨 수 있는 것들이 있다. 그렇다면 정부에서 아예 만들지 못하게 하면 곳곳에서 쓰레기 더미가 되어 나오는 일은 없을 것이다.

맘대로 만들게 해놓고 사용해서는 안된다고 국민들을 설득시키려 하는 논리는 대체 누구의 머릿속에서 나온 생각인지 궁금할 따름이다.

우리 나라의 생활폐기물 매립지 면적은 이미 98년에 주요 OECD 국가보다도 현저히 넓은 1,409만 평으로 여의도 면적의 16.6배에 달했다고 한다. 인구는 일본의 36.2%에 불과하지만 매립지 면적은 3.2배에 달하는 것이 우리의 실상이다.

1회용품에 대한 나의 얘기는 무작정 비판하기 위해서 떠드는 얘기가 아니다. 최근 들어 OECD, EU 등 선진국에서는 폐기물 정책의 중점이 발생 후 재활용 위주의 폐기물 최소화(Waste Minimiz-ation)에서 폐기물 발생을 예방(Waste Prevention)하는 원천적 감량정책으로 옮겨지고 있다고 한다.

면적도 좁고 녹지공간도 턱없이 부족한 이 땅에서 먼 훗날 후손들이 제대로 숨쉬고 살게 하려면 환경 문제부터 발벗고 나서 해결하고자 하는 노력을 정부측이 먼저 보여야 할 때가 아닐까.

승용차 정기검사는 왜 하나

"대한민국에 살면서 가장 스트레스 받는 일이 무엇입니까?"

누군가 이렇게 물으면 아마도 적지 않은 수가 교통문제를 꼽을 것이다. 인구밀도가 높은 서민층이 사는 외곽지역은 차도가 좁아 터지는 반면에 그래도 먹고 산다는 사람들이 넉넉한 집 가지고 사는 강남이나 신도시는 도로부터 넓직하다. 그런데도 도로는 연일 주차장을 방불케 한다. 외국 어느 나라를 가도 서울처럼 교통에 몸살을 앓는 도시는 드물다.

일본의 경우 세계 2위의 경제대국으로 우리보다 훨씬 더 잘 사는 선진국인데다 인구도 3배에 달하니 자동차수 또한 훨씬 많을 것이다. 그런데도 불구하고 교통체증이나 거리의 차들로 인해 스트레스 받는 일은 없다. 도로가 더 넓은 것도 아니고 땅덩어리가 인구수에 비례하여 넓은 것도 아니다. 그런데 왜 서울에서는 차들 때문에 스트레스를 받아야 하는 건지 알 수 없는 일이다.

휴일에는 구청 단속원이 활동을 안 하니 대로변에 주차를 마음대로 해도 누가 뭐라는 이 없고 어느 지역은 구청이 바로 코 앞에 있는데도 불구하고 평일에도 한 차선은 아예 차들이 주차장으로 점유하고 있다. 지자체에 따른 선심행정 때문이라는 말이 자자하니 참으로 웃기는 일이 아닐 수 없다.

주차할 공간도 없는 사람들이 승용차를 구입해 낮에는 차도를 밤에는 인도를 점유하고 걸어서 가거나 자전거를 타고 가도 충분할 거리인 동네 쇼핑 센터를 가는 데도 하나같이 차를 끌고 나와 휴일에도 차가 소통이 안되는 기이한 현상이 벌어지고 있다.

이미 오래 전부터 심각한 골치 덩어리가 된 교통문제는 좀처럼 해결책을 찾지 못하고 있다. 그럼에도 불구하고 관계 부처 공무원들은 국민이 낸 세금으로 월급받아 먹으면서도 미안해 하는 구석이라곤 없는 게 대한민국의 현실이다.

교통문제는 그렇다고 치자. 차와 관련하여 더 이해가 안 되는 것들이 있다. 바로 정기검사이다. 택시나 버스 같은 영업용 차량이라면 정기검사는 승객의 안전을 위해서라도 필요한 것일 게다. 하지만 개인이 타고 다니는 승용차 정기검사는 대체 왜 하는 걸까?

자신과 가족이 타고 다니는 승용차가 문제가 있다면 각자 알아서 너무도 잘 고치고 다닌다. 자신들의 생명이 달려 있으니 고장이 나면 스스로 알아서 곧장 수리센터로 가게 돼 있다. 그런데 왜 억지로 돈 써가면서 정기검사를 반드시 받도록 하는 건지 도무지 이해할 수 없는 일이다.

직장인들이나 시간에 쫓기는 사람들은 시간적 여유가 없어서 대행 서비스를 이용하기도 한다. 이럴 경우 비용부담은 더 커진다. 현실적으로 타당성 없는 행정이 만들어낸 규정이 오히려 국민들의 삶을 피곤하게 만드는 것이다.

이 뿐만이 아니다. 새차를 구입하면 출고될 때 취득세를 내게 된다. 그런데 이 차가 중고차가 되어 다른 사람의 손에 넘어가면 구입자가 또 취득세를 내야 한다. 차는 한 대인데 취득세는 주인이 바뀔 때마다 내야 한다는 얘기다.

중고차 구입해서 사용하는 사람들은 가난한 사람들이고 남이 타지 않겠다는 차 폐차 안되도록 사용하겠다니 오히려 혜택을 주어야 할 일이다. 자원절감 차원에서 중고제품을 활용하는 것은 국가적으로도 좋은 일이니 말이다. 굳이 세금을 축적시키기 위한 방편이라면 차라리 비싼 승용차 구입하는 돈 많은 이들에게 더 많은 세금을 부과시켜야 할 일이 아닐까 싶다.

택시 기사들 다수가 하는 말이 '차고지 증명제'는 왜 영업용 차량만 하고 개인 승용차는 하지 않는 것인지 알 수 없는 일이라고 한다.

　새차 나오면 몇 년 타지도 않은 차 중고시장에 넘기고 새차 구입에 정신나간 국민들도 문제지만 차와 교통문제에 관한 한 정부의 책임이 더 크다는 말을 하지 않을 수 없는 게 현실이다.

　자신들이 할 일도 제대로 못하면서 국민들이 세금내서 먹게 되는 밥이 어떻게 목구멍으로 넘어가는지!

지도층 양반들 이제라도 정신차리시오

세상은 더불어 살아가는 것이다.

아무리 잘난 사람도 언어, 피부, 종교 모든 것이 다른 낯선 땅에서는 한낱 외롭고 고독한 이방인일 뿐이다. 손꼽히는 재벌도 세계적인 명문대에서 박사학위를 받아 대학에서 강의를 하는 교수도 리더십 강한 정치인도 그가 속해 있는 수많은 사람들이 있기에 자신의 역할이 주어지고 자신의 역량을 발휘하게 된다. 사람이라곤 열 손가락으로 세어야 될 만큼 사는 사람이 드믄 오지에서 아무리 똑똑하고 돈이 많은들 누가 그를 특별한 사람으로 보겠는가.

세상이란 잘난 사람, 못난 사람, 돈 많은 사람, 없는 사람 그렇게 많은 사람들이 동시대에 서로 어우러지면서 함께 살아갈 때 움직여지고 아름다운 것이 아닐까. 그러나 이런 생각을 까마득히 잊어버리고 자기 혼자 잘난 맛에 자기 욕심만 채우며 사는 사람들이 적지 않다. 특히 산업사회를 거쳐 급성장을 한 우리 나라의 경우 정치 경제 학문 등 모든 분야에 걸쳐 자기 욕심에 빠진 나머지 자신이 해야 할 것이 무엇인지를 망각하고 살아가는 지도층 인사들이 한둘이 아니다.

딱히 누구라 말하지 않더라도 90년대 이후로 10여 년 넘게 불거져나오는 문제들이 한결같이 지도층들의 문제다. 그들의 구린 몸 냄새가 우리 사회를 어지럽게 하고 희망을 삼켜버리고 있다.

국민이 낸 세금을 빼돌려 자기 자식 유학비에 쏟아 붓고 제 아들은 군대 보내기 싫어 돈으로 대신하고 제 마누라 목구멍만 따뜻하게 하는 사람들이 있는가 하면 뒷돈 챙겨 받고 교수로 임용시켜 주는 썩어빠진 박사라는 인간들이 한둘이 아니다. 어떻게 하면 세금 덜 내서 기업 몸 부풀리고 주가 조작해서 서민 등쳐 먹을 연구나 하는 강도보다 더 한 기업인들도 적지 않다.

"나는 그래도 덜 한 편이다. 다른 사람들은 더 한다"라며 제 허물 합리화시키고 씻어 버리기 위해 이간질이나 일삼는 사람들. 어찌 그들을 서민들이 떠받들고 따르면서 존경할 수 있겠는가? 생각 같아서는 똥물을 퍼다가 얼굴에 뿌려 주고 싶을 때가 한두 번이 아니다.

대체 왜들 이러는 건가?

많이 배우고 잘났으면 자신이 속해 있는 사회에 무언가 도움이 되고 자신의 능력을 풀어 보이면서 사회를 보다 건강하고 밝게 이

끌어가야 할 사람들이 힘들고 어렵게 사는 서민들을 오히려 골탕먹이는 사회가 바로 우리 사회다.

아무리 개혁을 주장해도 비리는 허구한 날 일간신문 지면을 장식한다. 그러니 이제 서민들도 더 이상은 못 봐주겠다는 생각이다. 믿고 존경할 만한 지도층이 없으니 복권이라도 되면 외국으로 날아가 살고 싶은 생각뿐이고 어떻게 하면 부동산 투기로 허공에 날아다니는 눈 먼 돈을 붙잡을 수 있을까 하는 과욕들로 사로 잡혀 있다. 아파트 분양받아 가격 오르면 팔고 또 다른 곳으로 이사가 다시 집 값 오르면 팔아 그 차익으로 다시 집 사고 땅 사서 돈 벌어야겠다는 사람들이 부지기수다. 열심히 땀흘려서 내가 일한 만큼의 대가만 주어지면 그것으로 만족하고 살겠다고 말하는 사람에게 '저 사람 바보 아냐' 하는 세상이다. 이렇게 변해 버린 서민들의 모습을 지도층 그들이 과연 욕할 수 있을까?

우리 호떡을 먹으러 오는 사람들의 대다수는 보통 사람들이다. 열심히 땀흘려 일하며 살려고 하면서도 누군가 아파트 값이 배로 올랐다고 말하면 '나는 복도 없어' 하고 아쉬워하는 서민들이다. 그들은 호떡 먹으면서 정치인, 의사, 변호사, 장관, 교수 등을 욕하기도 하고 희망이 보이지 않는 시대에 살고 있다는 말을 하기도 한다.

인생이란 길지도 않다. 웃고 떠들며 열심히 일하며 살기에도 시간이 부족한 인생인데 잘났다고 나서서 일하는 사람들이 생각없이 저지르는 불미스러운 사고들 때문에 서민들은 늘 불쾌하고 사는 재미를 잃어가고 있는 게 2003년 대한민국의 실상이다.

이제는 지도층 지식인들이 자각해야 한다. 국회는 입씨름하는 장소가 아니며 숲이 우거진 멀쩡한 산들을 골프장 만들라고 지켜온 것이 아니다. 국민이 없으면 누가 기업의 제품을 소비하고 누가 정치인 선거에 표를 주겠는가.

많이 배우고 많이 가진 자들은 자신들이 가진 것을 보다 효과적으로 그리고 아름답게 사회에 펼쳐 보여야 한다. 언제까지 이 땅에서 살기 싫다고 이민가는 국민들에게 당신 가고 싶으면 맘대로 하시오 하는 태평스러운 자세로 지켜볼 것인가?

나는 그들이 하루라도 빨리 자각해야 한다고 본다. 이대로 가다가는 일제시대보다도 더 슬픈 한민족의 역사가 시작될지도 모른다. 지도층 인사들이 먼저 스스로를 반성하고 새로운 마음과 자세로 자신들의 역할에 나서야 한다. 존경받아야 하는 사람들이 많아질 때 우리 사회는 건강해질 것이다.

여과장치 없는 인터넷의 문란한 성 이대로 둘 것인가?

얼마 전에는 40대 독신녀가 50대 사업가와 성관계를 맺은 뒤 '불륜 사실을 부인에게 알리겠다'며 협박을 하며 거액을 요구했으나 거절당하자 상대 남자를 때리고 수천 만원을 빼앗는 '꽃뱀행각'을 일삼다가 구속되는 일이 있었다.

"별의별 인간들이 다 있다"는 말 한 마디로 넘어가기에는 지금 성과 관련된 우리 사회의 모습은 사정없이 망가져 버린 상황이다. 문란한 성으로 자신은 물론이고 가정을 파탄으로 이끄는 사람들이 어제 오늘 생겨난 것은 아니다. 하지만 최근 몇 년 사이에 우리의 성 윤리의식은 그야말로 바닥 수준으로 떨어져 있다는 말을 하지 않을 수 없다.

유부남, 유부녀가 배우자의 눈을 피해 다른 상대들과 일회성 성관계를 맺는 일은 비일비재한 일이 되고 있으며 자녀를 둔 엄마가 술집, 노래방 등에 나와 접대부와 같은 역할을 하는가 하면 한 가정의 가장인 아버지가 소위 '아빠 방'이라는 데서 몸을 파는 일도 생겨났다. 그런가 하면 인터넷을 통해 만난 부부들이 '스와핑'을 즐기기도 하고 심지어는 자신의 배우자가 잠든 사이를 틈타 인터넷에 접속하여 처음 보는 상대들과 차마 말로 다 못할 문란한 행위를 일삼는 이들도 있다고 한다.

갇혀 있던 성문화가 어느 날부터인가 밖으로 뛰쳐나오면서 우리 사회는 남들의 시선을 피해 하는 섹스는 어떤 상대이든 어떤 변태적 행위라 할지라도 문제되지 않는다는 분위기로 흘러가고 있다. 이런 창피스러운 행동을 일삼는 어른들 때문에 한참 자라나는 아이들이 문란하고 왜곡된 성문화에 빠져들지나 않을까 걱정스럽다.

성인 남녀가 서로 만나 서로의 사랑을 확인하는 것이라면 누가 이러쿵 저러쿵 말을 하겠는가? 문제는 불륜이라는 것이며 최근 들어서는 불륜 수준이 아니라 변태적으로 흐르고 있다는 데 그 심각성을 찾을 수 있다.

나는 우리 사회가 이렇게까지 변한 것에는 인터넷에 의한 병폐가 적지 않은 영향을 미치고 있다는 입장이다.

한 번은 단골이 호떡을 먹으러 와서 푸념식으로 이런 말을 했다.

"어휴, 도대체 이 나라가 어떻게 될려고 하는지 모르겠어요. 그야말로 섹스 천국으로 변하고 있다니까요. 겉으로만 동방예의지국 후손이고 속으로는 문란한 성의 노예가 되어 가고 있다니까요."

단골이 이렇게 말하는 데는 그만한 이유가 있었다.

매일 아침 출근해서 메일을 확인하면 밤새 10여 통이 넘는 스팸 메일이 오는데 이 중 80%가 음란물 판매 사이트와 음란물 CD판매 업체들이 보낸 메일이라는 것이다. 제목이 없거나 반송 메일이라는 표시가 있어 혹시 하고 열어보면 백퍼센트 음란물관련 홍보 메일이라고 했다. 아무리 스팸 메일 신고를 하고 지워도 갈수록 늘어만 가고 있어 하루 20여 통 정도씩 아예 확인도 하지 않고 지우는 일은 예삿일이라고 한다.

또 한번은 20대 초반의 젊은 친구가 호떡을 먹으면서 하는 말이 자신의 친구가 있는데 일도 하지 않는 녀석이 얼마 전부터 돈을 잘 쓰더라는 것이다. 대체 어디서 돈이 생긴 걸까 궁금해 자세히 물었더니 외국 음란물 사이트를 서핑하면서 포르노물들을 다운받아 이것을 복제하여 CD로 만들어 판매하는데 하루 두세 시간만 시간을 할애해도 웬만한 월급쟁이 보다 나은 수입이 들어온다는 것이었다.

참으로 통탄하지 않을 수 없는 요즘 세태들이다.

성(性)은 아름다운 것이 되어야 하며 각자가 소중히 관리해야 할 보물이다. 내가 내 보물 관리를 포기하는데 그 누가 나서서 그것을 지켜줄 것인가? 그리고 진정한 어른이라면 아랫사람들에게 모범이 되어야 한다. 성장하는 우리의 아이들은 우리를 보면서 자라난다.

사춘기 갈등과 방황 속에 빠져 있는 자녀들에게 부모로서 올바른 삶의 가치관과 방향을 제시하고자 할 때 적어도 그들의 입에서 "아버지도 그렇게 살았잖아요."라는 말을 들어서는 안될 일이다.

일본의 독서률이 우리의 몇 배에 달한다는 통계가 매스컴에 소개되면 이를 보고 어떤 이들은 일본의 경우 만화시장이 커서 만화책이 독서률에 큰 영향을 미치는 것이라면서 비난을 하는 것을 여러 번 들었다.

그렇다면 인터넷 전용회선 보급률 세계 1위이자 정보화 강국으로 알려진 우리 나라 역시 외국인들이 음란물로 도배가 된 듯한 이런 우리 속사정을 알게되면 무슨 말을 할까?

인터넷으로 인해 확산되고 있는 음란물의 유통과 성의 아름다운 가치를 헌신짝처럼 내던지는 어른들을 통제할 방법은 없는 것일까?

선생님들 어깨에 힘을 불어넣어 주자

어디서 불거져 나왔는지 알 수 없지만 올 들어 '스승의 날'을 다른 때로 바꾸자는 의견이 매스컴을 통해 흘러나왔다. 나는 교육 분야에 종사해 본 적은 없지만 스승의 역할이 매우 중요하고 스승은 제자로부터 존경받아야 한다는 데 매우 강한 입장이다.

백년 대계(百年大計)라는 말이 있듯이 교육이란 한 개인의 차원을 뛰어넘어 한 나라의 흥망성쇠를 좌우할 수 있을 만큼 중요한 분야이니 이를 몸소 실천으로 옮기는 선생님들이야말로 그 누구 못지않게 중요한 분들이라고 생각한다. 때문에 '군사부일체(君師父一體)'라는 말이 그 옛날 신라시대부터 전해져 내려오는 것일 게다.

'스승의 은혜는 하늘 같아서……'라는 노랫말처럼 우리는 유치원 때부터 스승은 우리의 존경의 대상이고 귀감이 되는 인물로 생각하며 성장한다. 그런데 언제부터인가 이런 스승들 대한 제자들의 존경심이 줄어들기 시작했다.

적어도 내가 학교를 다니던 60~70년대는 아니다. 80년대 이후 급격한 경제성장에 따라 사람들의 사고가 물질만능주의 세태에 동참하고 자녀수가 줄어들면서 교사들에게 촌지를 주는 학부모들이 늘어났고 이에 따라 촌지를 당연히 받아야 되는 것으로 생각하는 교사들도 생겨났다.

또 돈을 받고 대학입학 시험에서 좋은 점수를 주는 교수가 나타났고 고액의 과외나 레슨을 받아서라도 대학에 입학을 시키겠다는 부모들의 욕심은 결국 스승과 제자 사이에 '돈'이라는 존재를 끼어넣게 된 것이다. 이러다 보니 제자가 스승을 존경하는 마음이 떨어지는 것은 당연한 일이다. 또 학교 내에서 이루어지는 일들을 부모들이 지나치게 간섭을 하다 보니 교사들은 자신들의 자리에 대한 새로운 입장 정리가 필요해졌고 결국은 스승과 제자의 사이는 멀어져만 갔다. 결국에는 '스승의 날'마저 없애자는 말이 나왔으니 누구 말처럼 '갈 때까지 가보자'는 식이 되어 버렸다.

한마디로 슬픈 일이다. 누구의 잘잘못을 따지기 이전에 우리의 아이들이 교육을 받고 성장해야 하는 환경으로서는 좋지 않은 상황임이 분명하다. 문제는 어디에 있는 걸까?

나 김민영은 바로 부모들에 있다고 본다. 교사들도 그 수가 많다 보니 존경받을 만한 인품을 지닌 분들도 많은 반면에 부족한 점이 있는 교사들도 없지는 않을 것이다. 그러나 스승이 학부모의 눈치를 보고 제자의 잘못을 호되게 꾸짖을 수 없는 오늘의 환경을 초래한 장본인은 부모들이다.

치맛바람이 없었고 내 아이만 잘되어야 한다는 과욕이 없었다면 교사들이 먼저 나서서 학생을 멀리하고 학부모를 무서워 하는 일은 없었을 것이다. 모든 부모들이 다 그런 것은 아니겠지만 어찌됐든 학부모들의 잘못이 더 크다는 생각이다.

한 온라인 입시 교육 전문 사이트가 전국의 남녀 고교생 2천 282명을 대상으로 실시한 설문조사 결과에 따르면 응답자의 57.8%인 1천 320명이 가장 존경하는 스승의 모습에 대해 인격적으로 잘 대해주는 선생님이라고 답했다고 한다.

고교생들은 이어 수업을 잘하는 실력 있는 선생님(18%), 친구처럼 편한 선생님(16%), 카리스마가 있는 선생님(3.6%) 순으로 존경하는 스승의 상을 그리고 있는 것으로 조사됐고 전체 응답자의 78.5%(1,792명)는 '학교 선생님 중 존경하는 분이 있다'고 답변했다고 한다.

이 같은 조사결과에 대해 많은 사람들이 "존경하는 스승이 있다고 답한 학생들이 많은 것이 그나마 다행"이라는 입장을 보인 것 같다.

그러나 나는 내가 성장하던 시절을 돌이켜 보면서 이런 설문조사를 해야 하는 시대에 내 아이들이 성장하고 있는 것은 참으로 안된 일이라는 생각을 갖는다.

집에 맛있는 음식이 있으면 그것들을 도시락에 싸서 담임선생님 책상 위에 이름도 남기지 않고 놓아 두고, 졸업식장에서 졸업생 대표가 답사를 읽으면서 선생님이라는 말이 나오면 모두가 한바탕 눈물을 짜던 그 시절이 어디로 간 것일까.

이제부터라도 학부모들이 해야 할 일은 스승이 존경받고 학생이 스승을 따를 수 있도록 각자의 자녀들에게 스승에 대한 올바른 생각을 심어 주어야 되지 않을까 싶다. 내 아이가 잘못을 하여 선생님께 두들겨 맞았을 때 자식의 역성을 들어 주기 보다는 내 자식의 잘못을 꾸짖어 준 선생님께 감사하는 마음을 가져야 한다.

가르치는 스승이 신이 나서 가르칠 때 우리의 아이들이 보다 많이 알차게 배울 수 있는 것이니 잘잘못 거론하기 이전에 먼저 선생님들 어깨에 힘을 불어넣어 주는 것이 어떨까?

주홍글씨 만으로는 부족한 성범죄자들

딸을 셋 키우는 아버지 입장에서 매스컴을 접할 때 가장 화가 치밀어 오르는 때는 청소년 성범죄 내용을 접할 때이다.

지난 4월 9일 청소년보호위원회가 네 번째로 청소년 대상 성범죄자들의 신상을 공개했다. 이들의 범죄유형은 강간 및 강간미수 방조가 214명(31.9%)으로 가장 많았고 성 매수 178명(26.5%), 강제추행 167명(24.9%), 성 매매 알선 111명(16.5%), 음란물 제작 1명(0.1%) 등으로 나타났다.

이런 뉴스를 접할 때마다 문제의 심각성을 느끼면서 걱정스러움을 지울 수가 없고 도대체 어떤 사람들이길래 이런 범죄를 저지르는 것인지 화가 나며 그 얼굴들이 궁금하기까지 하다.

그런데 이번의 경우 "이렇게 가다 가는 큰 일이다"라는 걱정을 지울 수가 없다. 문제는 지난 해 8월에 있었던 1차 공개(169명)와 올 3월에 있었던 2차 공개(443명)에 비해 그 수가 줄어들기는커녕 크게 증가했다는 것이다. 상당수의 학부모들이 거주지 인근에 사는 성범죄자의 신상을 상세히 알려달라는 정보공개 청구에 나서고 딸을 둔 아버지들이 신상공개를 강화하라는 헌법소원을 준비하는 등 신상공개 제도를 둘러싼 파문이 확산되고 있다고 한다.

나는 서울 YMCA, 한국여성민우회 등 청소년, 여성 단체 소속 학부모 3백 58명은 25일 "1~3차 청소년 대상 성 범죄자 신상공개 명단에 포함된 1천 2백 83명의 주소를 완전히 공개하라"고 촉구한 것에 대해 두 손을 들어 찬성한다. 아니 당연히 그렇게 해야 되지 않을까 싶다.

청소년 성범죄가 늘고 있는 것은 아주 따끔하게 그들을 벌하지 않으니 명단 공개쯤이야 우습게 보는 처사가 아니고 무엇이겠는가?

1, 2차 때 명단에 오른 대부분의 사람들이 그 후유증에 시달리고 가정 파탄은 물론 대인 기피증이나 신경불안 등의 증세를 보이며 사회생활 전반에 큰 지장을 받고 있다고 한다. 이를 동정하기라도 하듯 일부에서는 신상공개와 관련 이를 '현대판 주홍글씨'로 생각하는 이들도 있는 것 같다. 그들은 신상공개가 중세시대의 명예형인지, 아니면 청소년 대상 성범죄 근절을 위한 새로운 수단인지 여부에 있다며 신상공개가 명예형이라면 그것은 성 범죄자에 대한 이

중 처벌이니 헌법에 어긋나는 일이라는 것이다.

만일 내 앞에서 누군가 이런 말을 했다면 따귀 몇 대쯤은 갈겨 주었을 일이다. 피해를 당한 미성년자 당사자들과 그들의 부모를 생각한다면 그 따위 말은 할 수 없을 것이다. 한 가정이 무너지는 위기와 아픔 속에 있는데 명예형이니 어쩌니 하는 말장난을 할 수 있는가?

죄를 지었으면 그에 따른 죄 값을 치루어야 마땅한 일이다. 특히 청소년들을 성범죄 대상으로 삼았다는 점을 생각하면 이는 짐승보다도 못한 짓을 한 것이나 다름없으니 그들을 어찌 법이 정한 벌로만 다스려야 한다는 건가?

만일 성범죄자의 인권을 보호하기 위해서 명단 공개를 하지 않는다면 청소년을 대상으로 한 성범죄는 끊이지 않을 것이고 오히려 증가할 소지가 크다.

아무리 순간의 실수로 인한 일이었다 할지라도 청소년을 대상으로 한 성범죄는 용서받을 수 없는 일임에는 틀림이 없다. 그런데도 불구하고 미성년자 성범죄자들은 반복적으로 피해를 입히는 이들이 많은 편이다. 이를 어찌 실수나 잘못으로 보아야 하는가. 그럴 수는 없는 일이다.

범죄의 근절과 방지를 위해서는 이러한 명단공개는 불가피한 일이다. 성범죄를 저지르면 세상 사람들이 다 알게 해야 한다.

청소년 성범죄자들의 명단을 보면 30~40대가 다수를 차지한다. 이 나이의 남성들이라면 자신들도 나이 어린 자녀들을 두고 있기 마련이다. 그런데 어떻게 자식과 같은 아이들을 자신의 성적 욕망을 해결하는 대상으로 삼았는지 이해가 되지 않는 일이다. 정신적인 문제가 있지 않고서는 저지를 수 없는 일을 그들은 아주 멀쩡하게 사회활동을 하면서 남의 눈을 피해 저지른 것이다.

이들에 대한 벌은 지금보다 강도가 더 커져야 한다. 그러지 않고서는 이 세상 딸을 둔 부모들의 걱정은 영원히 사라지지 않을 것이다.

젊은이들이여, 한 우물만 파라

IMF 이후 취업대란은 지속되고 있다. 경기가 호황을 누리던 시절에는 취업이 다소 수월했지만 최근 몇 년 동안 대졸 실업률이 갈수록 증가하는 등 취업란은 이미 우리 사회의 새로운 문제로 등장했다. 그러다 보니 최근에는 취업을 아예 포기하고 아르바이트만 해서 생활을 하는 젊은이들이 늘고 있다고 한다.

2~3개의 겹치기 아르바이트로 생활을 영위하는 이른 바 '프리터(Freeter · Free+Arbeit)족' 이 바로 그들이다.

한 채용정보업체의 설문조사 결과에 따르면 구직자 3,156명을 대상으로 '현재 취업 대신 아르바이트를 하고 있는가' 를 질문한 결과 응답자의 31%가 '그렇다' 고 답했다고 한다. 이 가운데 46%는 두 가지 아르바이트를 하고 있었으며 세 가지 아르바이트를 하는 구직자가 37%, 네 가지 이상이 17%로 밝혀졌다. 그런가 하면 이들이 아르바이트를 선호하는 이유로는 '심각한 취업난을 피하기 위해서' 라는 응답이 55%로 가장 많았고 '자유로운 시간 활용을 위해' (25%), '기업의 획일적인 조직문화가 싫어서' (11%), '직장생활로 받는 스트레스가 싫어서' (5%) 등의 순으로 나타났다고 한다.

가까이 지내는 후배 중 인테리어를 10년 넘게 해온 후배가 이런 세태를 꼬집기라도 하듯 한번은 나에게 이런 말을 한 적이 있다.

"형, 요즘 애들 참 이상하네요. 직장에 들어오면 1년 이상 꾹 참고 일하려는 애들이 의외로 적어요. 그 뿐만이 아닙니다. 직장다니다가 어느 날 갑자기 사표를 던져요. 이유는 어학 연수간다는 거예요. 물론 배우러 가는 것은 중요한데 아니 6개월 간 남의 나라 가서 살다 온다고 영어가 술술 터져나옵니까. 또 우리 직원 하나는 경력 1년도 안된 사람이 프리랜서 일하겠다고 엊그제 나갔어요. 아니 프리랜서로 일하려면 전문가 수준이 되어야 하는데 이제 배우는 사람들이 어떻게 프리랜서로 일한다는 건지 이해가 안됩니다."

내가 보기에도 요즘 젊은이들은 한 가지 일에 빠져서 몇 년이고 꾹 참아가며 경력을 쌓아가려는 사람이 극히 드문 것 같다. 그러니 3D 업종에는 이미 우리 나라 젊은이들을 찾아볼 수가 없고 전문성을 요하는 일보다는 쉽고 돈 되는 일을 선호하는 것이다.

경제불황을 앞서 걷고 있는 일본에서 젊은이들의 새로운 삶의 양식으로 나타난 프리터족이 이제는 우리 나라에도 유행처럼 번지고 있다니 우리는 과연 이 현상을 어떻게 보아야 하는가?

나는 내 조카나 동생 등 가까운 친척이나 이웃의 젊은이가 이런 방식으로 젊은 날을 보내고 있다면 가만히 있지 않았을 것이다. 물론 사고 자체가 바뀌지 않는 사람이라면 아무리 좋은 말을 한들 소귀에 경 읽기가 되겠지만 프리터족이 늘고 있는 것은 개인은 물론이고 국가 차원에서도 엄청난 인력 손실이고 비전을 밝게 볼 수 없게 하는 원인이라고 본다.

한 분야에서 오랫동안 젊음과 열정을 바쳐 노하우를 쌓고 전문가로 인정받게 되는 이들을 보면 한결같이 그 일 한 가지에만 매달렸다고 한다. 힘들고 배고팠을지라도 그것을 참고 견디어낸 사람들이다. 이런 사람들이 많을수록 국가적으로는 전문가가 많아지고 그것은 국가경쟁력으로 이어질 것이다.

한참 일해야 하는 젊은이들이 취업이 힘들고 구속이 싫어서 누구나 다 할 수 있는 서비스 분야에서 아르바이트나 하면서 꽃다운 젊은 시절을 보낸다는 것은 안타까운 정도를 넘어서 그야말로 큰 일인 것이다. 그들이 40이 되었을 때 어떤 사람이 되어 있을까를 생각해 보면 말이다. 부모 잘 만나 사업자금이나 얻어 손쉬운 장사나 벌려 적당히 밥 먹고 산다면 그것은 자기 인생을 제대로 관리하지 못하고 방치해 두는 것이나 다름없다.

인생은 돈이 전부가 되어서도 안 된다. 또 편안하고 여유 있게 산다고 해서 그것이 한 사람의 아름다운 인생은 아닌 것이다.

꿈을 갖고 장기적이고 체계적인 계획 하에 자신이 잘할 수 있는 분야의 한 가지 일에 매달려 땀흘리고 노력하는 젊음. 그것이 바로 아름다운 젊음이고 국가적으로는 희망이 보이는 일이다.

언제까지 제조 현장은 남의 나라 사람들에게 일자리를 내어 주고 취업이 안 된다는 핑계로 자신들은 적당주의 속에 젖어 살 것인가?

나는 말하고 싶다.

"대한민국의 젊은이들이여! 스포츠에 열광하면서 '아 대한민국'의 함성만 외칠 것이 아니라 그 열정을 일에도 쏟아 보라. 그것은 먼 훗날 당신들의 아주 값진 재산으로 남을 것이다. 그리고 후회 없는 젊은 날로 기억될 것이니까."

김민영식 장학회

호떡 장사를 하길 잘했다는
생각을 할 때가 많다. 또 한 차례 나 스스로를 반성할 수 있도록 실
패를 경험한 것에 대해서도 이제는 오히려 잘된 일이었다라는 생각
을 하곤 한다. 나에게 시련과 재기가 없었다면 감히 생각지도 못했
을 것들을 호떡 장사를 하면서 생각하게 되었기 때문이다. 이렇게
책을 쓸 수 있게 된 것 또한 나에게 주어진 새로운 기회이고 행운이
다.

호떡을 구우면서 갖게 된 결심 중 하나가 바로 장학회다. 직장생
활 시절부터 나는 막연하게 많이 벌면 누군가 도와줘야겠다는 생각
을 하기는 했다. 하지만 구체적으로 어떻게 벌어 누굴 도울 것인가
까지는 생각이 미치질 못했다. 그러던 내가 호떡을 구워 팔면서 10
~20대 학생들을 접할 수 있는 기회가 많아졌고 그들과 대화를 나
누면서 얻어진 결론은 이제 막 세상을 알아가면서 공부를 하고 이
를 통해 우리 사회에서 중요한 역할을 하겠다는 꿈을 갖고 있는 그

들을 위해 조금이라도 보탬이 되는 일을 할 수 있다면 그것은 아름다운 일이라는 생각을 한 것이다.

문제는 돈이었다. 지난해까지만 해도 하루 벌어 그날 그날 감당하기 바쁜 삶을 살았다. 하지만 올 들어서는 고객도 더 늘어났고 매스컴에 소개가 되다 보니 '왕호떡' 체인점을 운영해 보겠다고 각지에서 찾아오는 이들이 많아졌다. 경제적으로도 서서히 안정을 되찾아가게 되었으니 이제는 나도 나누며 살아야겠다는 생각을 하게 된 것이다.

물론 큰 돈 벌어 넉넉한 것은 결코 아니다. 우리 아이들을 학교에 보내고 전세이지만 우리 네 식구가 편히 누워 잠잘 수 있는 집이 있으니 더 큰 욕심을 낸들 무엇하겠는가.

내가 하고자 하는 장학회는 이름만 '왕호떡 김민영 장학회'일 뿐 그리 거창한 것은 아니다.

프랜차이즈 체인점이 개설될 때마다 본사 입장에서 내가 받는 돈은 50만원이다. 이 중 50%는 연구비(체인점 관리 및 홍보)로 사용할 것이며 나머지 50%인 25만원은 장학회기금으로 쓸 생각이다. 또 이번에 펴내는 책으로 인해 발생하는 인세 일체와 방송출연 및 기타 대외적인 활동으로 얻어지는 모든 수입의 50%를 적립할 예정이다. 이렇게 해서 돈이 모아지면 연말에 '왕호떡 김민영 장학회'

이름으로 '사랑의 열매'인 사회복지공동모금회 중앙회로 보낼 생각이다. 적립되는 금액이 몇 억원대에 달할 만큼 큰 돈도 아니거니와 복지사업에 대해 해박한 지식을 갖고 있는 것도 아니어서 장학재단운영이나 자체관리 방법보다 좋은 방법이라고 생각하고 있다. 게다가 이같은 방식을 택할 경우 모든 것이 투명하게 되기 때문이다.

'욕심은 화를 부른다'는 말을 나는 매우 소중히 여긴다. 이미 주식 실패로 욕심이란 삶을 풍요롭게 하는 것이 아니라는 것을 알았기 때문이다.

어려운 이들을 돕고 내가 가진 것을 나눠 갖는 것은 더불어 사는 삶을 실천하는 길이다. 이는 어느 특정계층의 사람들만 해서 될 일은 아니다. 내가 내 힘으로 먹고 살면서 조금이라도 나눌 수 있으면 나누는 것이니 모든 사람들이 동참해야 할 일이다.

이러고 보면 나란 사람도 과거에는 그다지 아름답지 못한 삶을 살았던 것 같다. 주식으로 실패하기 이전에 하고자 하는 마음만 굳게 먹었다면 얼마든지 나누며 살았을 텐데 말이다.

하지만 더욱 아쉬운 것은 이같이 나누며 사는 일에 오히려 서민계층의 사람들이 보다 적극적으로 참여하고 있는 반면에 경제적으로 여유가 있는 사람들의 참여는 일부라는 것이다. 특히 기업이나 유명인들의 경우 자신들의 이미지 관리와 홍보 차원이라는 인상이 짙은 것이 사실이다.

더불어 사는 삶, 그것은 가슴으로부터 시작되어야 하며 하고 난 뒤 어떤 이익이나 효과가 돌아오기 위해 이루어져서는 안될 일이다.

7부

김민영 사장의
두 배로 행복하게 사는 법 7가지

하나, 나이를 잊어라

"내 나이가 몇인데."라고 말하는 사람은 그만큼 자신의 능력이나 잠재력을 썩히는 사람이다.

나이 많아서 할 수 있는 게 없다면 그건 자기 자신을 폐쇄시키는 거나 다름없다. 60대 할아버지가 인라인 스케이트 탄다고 해서 주책스러워 보인다고 흉 보던 시대는 지나갔다. 아니 그것은 처음부터 흉으로 받아들이던 우리 사회의 통념이 잘못된 것이다. 건강하고 자신 있게 살아가는 노인들을 보면 젊은이들도 부러워한다.

공부든 일이든 새로운 것을 시작하고 노력하는 것만큼 아름다운 삶은 없다. 나이란 중요하지 않다. 정작 중요한 것은 하겠다는 의지와 과감하게 도전하는 것이다. "내 나이 마흔 여섯에 어떻게 길거리 나가 호떡 장사를 해"라는 생각을 가졌다면 나 김민영이 '왕 호떡 스타'가 되는 일은 생각조차 못했을 것이며 이렇게 책을 쓰게 되는 기회도 오지 않았을 것이다.

우리 나라 사람들은 유난히 나이 탓을 많이 하거나 마치 나이가 자신의 중요한 재산인 것처럼 생각하는 이들이 부지기수이다. 고령화 사회로 접어든 지금은 더 이상 나이 운운하는 중장년들의 고리타분한 사고를 우리 사회는 원하지 않는다.

행여 실직을 한 40대이거나 정년퇴직을 한 50~60대 모두가 생각을 바꿔야 한다. 나이는 삶의 흔적을 보이지 않는 나이테쯤으로만 여기면 된다. 건강한 몸과 마음으로 무엇이든 도전하고 해낼 수 있다는 신념을 가질 때 희망이란 늘 우리 앞에 서 있을 것이다.

둘, 많이 웃어라

남들이 웃기는 얘기를 할 때 이를 싫어하는 사람은 없다. 개그맨들의 개그를 볼 때는 나이, 성별, 학력의 고하를 불문하고 모두가 한결같이 웃게 된다. 많이 웃는 사람이 덜 늙고 더 즐겁게 살아간다. 오죽하면 "웃음은 만병통치의 약"이라는 말이 있겠는가? 이처럼 웃는 얼굴에서 행복이 느껴지고 웃는 얼굴에 침 뱉지 못한다는 말을 하게 된다. 그러나 우리 나라 사람들 아니 동양인들은 서양인들에 비해 웃음에 인색하다.

처음 보는 사람과 좁은 공간에서 마주하고 있으면 얼굴이 무표정하게 바뀌면서 마치 상대에게 적개심을 갖고 있는 사람처럼 사뭇 진지하면서 썰렁한 분위기를 유도한다. 친구나 직장 동료를 만나도 미소가 없기는 마찬가지다. 어쩌다 상대가 활짝 웃으며 나타나면 "넌 뭐가 그렇게 좋니", "여자가 그렇게 웃고 있으면 남들이 보기에 헤프게 보인다."는 식의 뒤퉁스러운 말을 하기 일수다.

서양인들은 다르다. 골목길에서 화장실에서 엘리베이터 안에서 처음 보는 사람에게도 살짝 미소를 던지는 것은 그들에게 있어서 아주 자연스러운 일이다. 그런 서양인들의 모습은 아주 기분 좋게 와 닿는다.

미소를 짓는 순간은 자신도 즐겁고 밝아지지만 그 미소를 보는 사람들에게는 더 큰 즐거움과 기쁨을 준다. 힘들고 어려운 일이 있더라도 그것은 가슴 속으로 삭혀야지 굳이 겉으로 표현해서 다른 사람들까지 침묵에 빠트리고 우울하게 만들 필요는 없는 것.

특히 고객을 맞이하는 접객 서비스를 하는 사람들에게는 미소가 필수다. 그러니 나 역시 손님들을 맞이할 때마다 미소 띤 얼굴을 보여 준다. 말 한두 마디 나누면서도 시종일관 얼굴은 환하게 웃는 모습을 유지한다. 천성이 낙천적이어서인지 나는 늘 웃음을 띠고 사는 편이다. 웃으면 복이 굴러 들어온다는 말처럼 늘 웃는 얼굴로 사람들을 만나고 처음 본 사람들에게도 가볍게 미소를 건네 주는 것은 하루하루를 즐겁고 밝게 살아가는 바탕이 된다.

이제부터는 웃자.

미소짓는데 돈 들어갈 일 없지 않는가?

셋, 작은 것을 소중히 여겨라

고객이든 가족이든 친구든 사람들이 감동하는 것은 아주 큰 돈이나 선물이 아니다. 작지만 마음이 담겨 있어야 한다.

자녀들에게 용돈 많이 준다고 해서 아이들이 부모를 잘 따르는 것은 아니다. 돈이나 재물이 주는 감동은 한순간이다. 오히려 받는 사람 입장에서는 그 다음에는 더 큰 것을 원할 것이다.

고객을 만나야 하는 나로서는 작은 서비스나 말 한마디로 인해 고객들로 하여금 다시 찾아오게 하는 경우가 종종 있다. 어느 날 사무실에 호떡을 배달했는데 호떡을 건네 받은 여직원의 실수로 호떡 두 개가 바닥에 떨어지는 일이 발생했다. 직원수만큼 호떡을 시켰는데 결국 두 사람은 먹지 못하거나 나누어 먹어야 하는 상황이 된 것이다. 나는 곧장 가게로 달려와 두 개를 더 구워서 다시 갔다 주었다. 물론 돈은 받지 않았다. 그러자 그 사무실 직원들이 감동해 하는 모습을 읽을 수가 있었다. 그 후 그 사무실 직원들은 우리 집 단골이 되었다.

호떡 두 개는 돈으로 치면 천 원에 불과하다. 그 사무실 직원들이 단돈 천 원이 없는 사람들은 당연히 아니다. 그럼에도 불구하고 다시 구워다 줬다는 것에 그들은 고마워하고 그 고마움을 잊을 수 없어 단골이 된 것이다.

집에서도 그렇다. 일요일 아침 한 시간 덜 자고 아침밥을 준비해 주는 것에 대해 아내와 딸들은 매우 행복해 한다. 한 시간 덜 잤다고 해서 내 몸이 어떻게 되는 것이 아니니 이 얼마나 서로에게 만족스러운 일인가.

작은 것이 아름답다는 말을 늘 기억하며 살아간다면 보다 많은 이들에게 행복을 안겨줄 수가 있을 것이다.

 ## 넷, 생각을 표현으로 옮겨라

생각은 굴뚝 같은데 표현을 하지 못하는 사람들이 많다.

나는 적극적인 성격이어서인지 표현은 누구보다도 강하다. 때문에 집에서 아내가 예뻐보일 때, 아이들이 사랑스러워 보일 때 '사랑해'라는 말을 하곤 한다. 이런 말 한마디는 그 말을 듣는 당사자를 즐겁고 기분 좋게 한다. 우리 가게를 찾아준 고객들에게는 누구든지 "찾아주셔서 감사합니다."라고 말한다. 편의점에 가서 군것질거리를 사먹어도 될 일인데 우리 가게를 찾아 주었으니 주인으로서는 당연히 감사해야 하는 것이다. 그저 말로만이 아니라 내 마음 속에서 느껴지기 때문에 그렇게 표현한다.

선진 외국에서 자녀교육을 가르친 분들 중에는 한국의 교육은 발표와 토론이 부족한 교육이어서 대학생이 되고 어른이 되어도 자신의 견해를 피력하거나 자신의 생각을 적극적으로 펼쳐보이는데 비교적 약한 것 같다는 말을 하곤 한다. 적어도 이 말은 맞는 말이 아닐까 싶다.

학교 교육에서 주입식 암기식 교육에 길들여진 데다 우리의 전통적인 관습 또한 겸손과 과묵함을 미덕으로 여겼으니 자신의 생각과 감정을 적극적으로 표현하는 것에 약한 것이다.

옛말에 '구슬이 서말이라도 꿰어야 보배다'라는 속담이 있다. 직장인이 회사의 제품에 대한 아무리 좋은 생각과 아이디어를 갖고 있다 할지라도 그것을 말과 행동으로 보여 주지 않으면 무슨 소용이 있겠는가.

당사자가 자신의 생각을 표현하지 않는 한 그 속에 있는 마음을 상대가 훤히 들여다 볼 수는 없는 일이다.

 ### 다섯, 가장 큰 행복은 가정에 있다

최근 들어 독신자들이 늘어나고 있는 추세다. 전문가를 요구하는 시대이다 보니 한 가지 일에 파고 들다 혼기를 놓쳐 독신이 된 사람들도 있지만 아예 독신자 생활을 원하는 젊은이들도 많아진 게 사실이다.

게다가 우리 가족문화는 이미 핵가족화로 돌아서서 구성원 간의 하나됨 보다는 개인의 생활 중심으로 흘러가고 있는 추세다. 여기에 여성들의 사회 진출과 입시과열 풍토로 인해 가족이 한 자리에 모여 식사를 하고 대화를 나누는 문화는 점점 줄어들고 있다.

형제 많은 집에서 태어난 나는 가족들이 모두 둘러앉아 얼굴을 맞대고 함께 식사를 하며 담소를 나누는 것을 소중하게 생각하며 성장했다. 때문에 결혼 후에도 가족이 함께 하는 시간을 가능한 많이 만들고자 노력해왔다고 자부한다.

이렇게 살아오면서 나는 가족의 중요성을 더욱 깨달았고 이 세상 많은 사람들이 있지만 가족만큼 소중하고 나를 편안하고 행복하게 해줄 수 있는 사람은 없다는 생각을 갖는다.

가정의 행복이 없이는 사회생활에서도 즐겁게 일하며 성공하기 힘들다. 편안한 잠자리와 늘 보아도 좋은 얼굴들이 있으며 작은 이야기 하나로도 함께 웃을 수 있는 가족이 모여 사는 가정이란 이 세상에서 가장 크고 아름답고 소중한 행복을 만들어 주는 곳인 것이다.

사람에 따라 살아가는 방식이 다르고 추구하는 바가 제각각이니 혹자는 가정의 필요성과 중요성에 대해 또 다른 생각을 갖고 있을 수도 있겠다. 그러나 나이 오십을 눈앞에 둔 나의 가치관과 생각으로서는 가정이야말로 반드시 필요한 것이라는 입장이다.

 *여섯, 공짜란 없다고 생각해라*

　"공짜 좋아하면 머리가 벗겨진다"는 우스갯소리가 있다. 공짜를 좋아하는 사람들이 많으니 그런 말이 나온 것 같다. 하지만 자기 챙기기 바쁜 세상에 불우이웃 돕는 일 아니면 공짜란 통하지 않는다.

　복권에 당첨이 되고 경마 배팅에 성공하여 큰 돈이 굴러 들어오는 것은 행운으로 받아들여야 한다. 행운이란 늘 찾아오는 것이 아니지 않는가. 언제 어떻게 올지도 모르는 것이기에 허구한 날 그 행운을 마냥 기다리는 일이란 무모한 짓일 것이다. 아니 공짜를 바라는 욕심인 것이다.

　가장 소중하고 값진 돈은 열심히 땀흘려 일해서 손에 쥐어지는 돈이다. 일하지 않았는데 어느 날 일확천금이 생기는 일이란 없다. 누군가 갑자기 돈 보따리를 준다면 그것은 분명 다른 어떤 음모가 숨어 있기 마련이다. 청탁에 의한 비리가 바로 이런 것이다. 우선 당장 공짜로 준다니 일단 챙기고 보는 것이다. 하지만 다음에는 그에 상응하는 대가를 치뤄야 하는데 그 대가가 교도소 철창행이 되는 일이 허다하지 않은가.

　내가 무언가를 얻기 위해서는 그만큼 노력하고 땀흘리는 것이 진실된 삶이다. 남들은 어렵게 노력해서 얻게 된 것을 자신은 힘들이

지 않고 쉽게 손에 넣겠다는 것은 공짜만 원하는 도둑놈 심보일 뿐이다.

　자녀교육을 함에 있어서도 부모의 것은 자식이 얼마든지 공짜로 쓸 수 있다는 생각을 갖게 하지는 말자. 부모이기에 자녀들이 성년이 되어 사회활동을 할 때까지 필요한 것들은 지원을 해주어야 하지만 스스로 일할 수 있는 나이가 되면 스스로 벌어서 살아갈 수 있도록 해야 한다. 늘 품 안의 자식처럼 뒷돈만 대주다 보면 결국 그 자식은 돈이란 공짜로 얻어지는 것이라고 생각할 것이고 돈에 대한 가치를 잊고 살 것이다. 그러니 남의 돈도 쉽게 생각할 수밖에 없을 것이다.

일곱, 일을 즐겨라

당신은 지금 하시는 일이 즐겁습니까?

이렇게 질문했을 때 "네, 매우 즐겁게 일하고 있습니다."라는 말이 나올 수 있어야만 그 사람은 행복한 사람이라고 말할 수 있다.

하기 싫은 것을 억지로 하는 것만큼 힘든 것은 없다. 하기 싫은 공부 억지로 해야 아무런 효과가 없듯이 일도 스스로 좋아서 즐길 수 있는 일이 되어야 한다. 한마디로 돈을 벌기 위한 일보다는 일하는 재미에 빠져 몰두하게 되는 일이 되어야 한다는 생각이다.

호떡을 구우면서 내가 지겹고 힘들다고 생각한다면 호떡 맛은 물론이고 고객 서비스도 엉망이 될 터이고 나 자신도 힘들 것이다.

사람은 자신이 좋아하는 일을 장인정신을 갖고 임할 때 가장 좋은 결과를 얻을 수 있다. 좋아하기에 몰입할 수 있고 몰입하다 보면 그것은 최상의 결과를 낳는 것이다.

물론 자신이 원하지 않는 일을 해야만 하는 피할 수 없는 상황도 있다. 나 또한 호떡 장사가 내 천직이라고 생각되어 오래 전부터 계획하여 벌인 일은 아니다.

하지만 현실적으로 내가 가야하는 길, 해야 하는 일이라면 즐거운 마음으로 최선을 다한다는 각오로 임했기에 지금과 같은 좋은 결과를 얻을 수 있었던 것이 아닐까 싶다.

이는 긍정적인 사고에서부터 비롯된다. '내가 이 짓을 왜 해야 되지' 라는 부정적인 사고에서는 즐거움이란 생겨나지 않는다. 누구든지 자신이 하는 일을 이왕 하는 것이라면 잘해보겠다는 식의 긍정적인 사고를 갖는다면 보다 좋은 결과를 얻을 수 있을 것이고 그 속에서 행복을 느낄 수 있을 것이다.

내가 호떡 냄새를 지독하게 사랑하는 것처럼 말이다.

지금 12억의 돈은 없지만 12억의 맛을 드립니다

초판인쇄 — 2003년 5월 26일
초판발행 — 2003년 5월 30일

지 은 이 — 김민영
펴 낸 이 — 문기순
편   집 — 박지현
영   업 — 오광수, 진성옥
펴 낸 곳 — 도서출판 꿈과희망
출판등록 — 제 1-3077 호

주   소 — 서울특별시 동대문구 제기2동 1157-3 영진빌딩 B1
전   화 — 02)2681-2832
팩   스 — 02)943-0935
e-mail : jinsungok@empal.com

* 잘못된 책은 바꿔드립니다.
정가 8,000원
ISBN 89-9531-741-8(03810)